El mundo y la vida desconocida
de los faraones

Éric Garnier y André Tourelles

EL MUNDO Y LA VIDA DESCONOCIDA DE LOS FARAONES

Traducción de Isabel Merino Bodes.

© Editorial De Vecchi, S. A. 2018
© [2018] Confidential Concepts International Ltd., Ireland
Subsidiary company of Confidential Concepts Inc, USA
ISBN: 978-1-68325-824-7

Índice

Introducción

Hace dos siglos que los europeos sienten pasión por Egipto. Todo empezó cuando Napoleón Bonaparte, ávido de gloria, emprendió su famosa expedición a Egipto acompañado por una pléyade de sabios. Las tropas francesas combatieron a los pies de las pirámides y, una vez de vuelta en Francia, se publicó la famosa obra *Descripción de Egipto*, que dio a conocer al público las fabulosas construcciones de esta antigua civilización. Fue entonces cuando la egiptomanía invadió Europa, gracias a las conquistas napoleónicas. La egiptomanía se impuso en la forma de vestir, en el mobiliario, en el arte monumental e incluso en la plaza de la Concordia, donde el último rey de Francia erigió un soberbio obelisco. Italia no se quedó atrás, pues, de regreso de la campaña de Egipto, Napoleón dejó en Turín todas las esculturas nubias, así como aquellas obras que los eruditos que lo acompañaban consideraron de menor importancia.

En el siglo XIX, varios aventureros partieron en busca de obras arqueológicas egipcias. Entre los italianos destacó Bernardino Drovetti, un diplomático, aventurero y anticuario oriundo de Barbania. Este pirata del desierto participó activamente en la carrera por las antigüedades egipcias. Otro personaje destacado, también italiano, fue Giovanni Batista Belzoni, proveedor de antigüedades de Henry Salt, un filibustero inglés enemigo de Drovetti. Los descubrimientos y los relatos de Salt fueron, durante décadas, toda una referencia.

El descifrado de los jeroglíficos dio paso a un increíble enfrentamiento entre ingleses y franceses, resuelto por Champollion. En el año 1905, Howard Carter empezó a excavar el Valle de los Reyes en busca de las tumbas de los faraones y, en 1922, lord Carnavon y Carter descubrieron la tumba de Tutankamón, un hallazgo que suscitó un entusiasmo considerable, sobre todo porque la maldición de los faraones golpeó con crueldad a los audaces saqueadores de tumbas.

Resulta curioso que el espléndido descubrimiento de los tesoros de Tanis realizado por el arqueólogo francés Pierre Montet pasara prácticamente inadvertido, a pesar de la salvaje belleza de las máscaras funerarias de oro de Psusenes, Amenemope y Sheshonq. El italiano Ernesto Schiaparelli también realizó unas impresionantes excavaciones que tampoco suscitaron demasiado interés. La moda parecía haber pasado, aunque cabe señalar que corría el año 1939 y Europa se encontraba a las puertas de la mayor masacre de la historia.

Entonces apareció la arqueóloga francesa Christiane Desroches-Noblecourt, que se convirtió en toda una leyenda tras contribuir a salvar los templos nubios de la inundación provocada por la construcción de la presa de Asuán. Además de dirigir el departamento de antigüedades del Louvre, escribió diversas obras sobre personajes egipcios como Tutankamón, Ramsés II y la misteriosa Hatshepsut —entre muchos otros— que se convirtieron en *best sellers*, demostrando que al público lector podían apasionarle los temas complejos. La momia de Ramsés II se exhibió en diferentes países, despertando una gran curiosidad.

Más adelante llegó Christian Jacq, el gran fenómeno literario internacional. Sus numerosas obras rivalizaron en volumen de ejemplares vendidos con las de otros grandes autores, como Umberto Eco, Mario Soldati y Elsa Morante. ¡Un verdadero desafío! ¡Y qué decir de las exposiciones del museo de antigüedades egipcias de Turín, que en aquel entonces ya poseía un tesoro casi inigualable, con 6500 obras expuestas y 26 500 en reserva! La egiptomanía se había adueñado del público italiano, gran amante de la arqueología y gran conocedor del arte, y había llegado para quedarse.

Cabe señalar que, durante el reinado de Ramsés II, Egipto debía de tener unos cuatro o cinco millones de habitantes. ¿Cómo es posible que un pueblo tan pequeño lograra dominar el mundo mediterráneo durante varios milenios y dejara las huellas inmortales de un nivel de civilización sin igual? Aunque ya hayan transcurrido cinco milenios, seguimos sin saber con certeza cómo se construyeron las pirámides. Además, cada vez cobra más fuerza la teoría que afirma que el pensamiento religioso hebreo es un legado de los grandes sacerdotes egipcios. Este país encierra muchos misterios fascinantes que se presentan y se desentrañan parcialmente en esta obra.

Para favorecer la comprensión del presente estudio, que aborda, entre muchos otros temas, la construcción de las pirámides y la descripción de los principales dioses del panteón egipcio —debido a su elevado número, resulta imposible describir a todas las divinidades egipcias en una obra de estas características—, vamos a realizar un breve resumen de la historia egipcia.

En el año 3000 a. C., después de dos milenios de maduración, se creó una realeza egipcia unitaria que englobaba todos los territorios situados a lo largo del Nilo, desde la primera catarata hasta el delta. Tras el mítico Narmer, la dinastía III de Zoser y la dinastía IV de Seneferu, Keops, Kefrén y Micerino brillaron con fuerza gracias a sus gigantescas pirámides. Después del largo reinado del faraón Pepy y el fin del Imperio Antiguo, llegó la renovación tebana. A partir del año 2060 a. C. y durante tres siglos se impusieron las dinastías de Tebas, entre las que destacaron las de Mentuhopet, Amenemhat y Sesostris. Hacia el 1555 a. C., tras la terrible invasión de los hicsos, se impuso el Nuevo Imperio tebano con sus brillantes dinastías: Amenofis y Tutmosis en la dinastía XVIII y Ramsés y Seti en la dinastía XIX. Ramsés III (dinastía XX, 1184-1153 a. C.) detuvo la invasión de los Pueblos del Mar, pero tras su reinado comenzó la decadencia de Egipto. Durante este periodo se sucedieron los soberanos de Tanis, las dinastías libias, los faraones negros y la dinastía saíta, pero entonces se produjeron las grandes invasiones de los sirios, los babilonios y los persas. Con Alejandro Magno llegó la época de la liberación, los faraones griegos y la dinastía ptolemaica, que prolongó la historia egipcia durante tres siglos, hasta que Cleopatra se suicidó en el año 30 a. C.

En la puerta que entreabre esta investigación, una inscripción se graba con sangre: ¿a qué se debe el éxito egipcio?

Introducción

Hacia el año 3000 a. C., tras dos milenios de maduración, los egipcios adoptaron un rey único cuya autoridad se impuso sobre el conjunto del valle del Nilo. Se trataba del célebre faraón Narmer, también conocido como Nemes. Durante los siguientes treinta siglos, esta brillante civilización vivió una aventura única y se convirtió en un ejemplo insólito en la historia de la humanidad.

Vamos a intentar explicar las causas de este éxito.

La principal fue el río Nilo, de más 6600 km de longitud. El Nilo recorría casi 2000 km entre la quinta catarata —el punto más lejano alcanzado por el imperio— y la costa mediterránea. La crecida del Nilo se iniciaba a mediados de junio y se intensificaba en julio, antes de que maduraran los limones en octubre. Esta es la razón por la que se establecieron los periodos de siembra, germinación y siega de cereales. La ausencia de cosecha era sinónimo de hambruna, de modo que se necesitaba un poder fuerte que controlara el desbordamiento del río creando canales, construyendo diques y almacenando el grano. Como la buena organización de la agricultura era cuestión de vida o muerte, el interés personal quedaba eclipsado frente al colectivo. En este conjunto territorial tan homogéneo que era el valle del Nilo, las reglas dispuestas y largamente maduradas eran simples:

— la tierra pertenecía al faraón;
— el rey de Egipto era hijo de los dioses y, por lo tanto, una encarnación divina. El hecho de que el faraón fuera la base de la organización social permitía acabar con el caos y dar paso a la armonía. El faraón ostentaba todo el poder terrenal.

Ya desde el principio, los reyes de Egipto tuvieron la brillante idea de aglutinar a la sociedad egipcia en un proyecto trascendente: la construcción de pirámides, grandes templos e hipogeos. Proteger al dios-guía faraón en su pirámide, templo o hipogeo permitía movilizar a la población en torno a un objetivo de naturaleza espiritual. A través del culto a los muertos, los egipcios podían participar en la inmortalidad del faraón y convertirse a su vez en inmortales. Los egipcios poseían una perspectiva que trascendía el tiempo, pues aspiraban al paraíso (los campos de Ialu) y a la eternidad. ¿Para qué sublevarse por la tierra si lo esencial se desarrollaba en el más allá y durante toda la eternidad?

Esta unidad extrema que mantenía el pueblo con sus soberanos permitió construir todo un modelo de civilización, aunque cabe señalar que también abundaron los tiempos de revuelta, sobre todo durante las famosas plagas de Egipto.

La egipcia era una economía de trueque desprovista de todo instrumento monetario, incluso durante el reinado ptolemaico, cuando la moneda se utilizó exclusivamente para pagar al ejército. Todas las actividades eran remuneradas en especie. A cada persona se le asignaba una tarea concreta y nadie destacaba. Los artesanos nunca firmaban sus obras de arte y todo era colectivo. Sin embargo, esta situación no era idílica, pues el 85% de los campesinos se veían obligados a pagar pesados impuestos en especie. Para evolucionar en esta sociedad inmutable existían tres posibilidades: el oficio de las armas, la escuela de los escribas del templo y el comercio internacional, que estaba muy controlado. De los más de tres millones de habitantes que poseía Egipto al comienzo del Nuevo Imperio (el de Ramsés II), sólo una pequeña élite formada por unas 200 000 personas sabía leer y escribir, lo que representaba entre el 5 y el 10% de la población.

El faraón delegaba su poder en los visires (había tres en la época clásica) y los nomarcas (una figura similar a nuestros prefectos), pues Egipto estaba dividido en 42 nomos (distritos). Esta rígida organización del Estado garantizaba su estabilidad. Sin embargo, para que el sistema funcionara se necesitaba un faraón autócrata y poderoso. Como la religión se integraba en la vida cotidiana, se desarrolló un clero muy poderoso al servicio de los dioses y los santuarios. Beneficiándose de la generosidad del faraón —la victoria del rey era una señal inequívoca del amor de Amón—, el clero se convirtió en el primer propietario terrenal del país y, en ocasiones, el sumo sacerdote llegó a rivalizar con el faraón.

Las tres condiciones necesarias para la estabilidad política eran una buena cosecha, una política de grandes construcciones y las guerras de conquista.

La política extranjera del faraón era ambiciosa y perseguía principalmente dos objetivos: asegurar en Siria-Palestina las vías de comunicación del comercio hacia el conjunto de Oriente Medio y garantizar la explotación de las minas, principalmente las de oro de Uauat y el reino de Kush, mediante la ocupación militar de la región de Nubia.

Como Egipto siempre había tenido la capacidad de asimilar a los pueblos extranjeros, los libios, griegos y nubios también participaron en esta gran aventura. El nacionalismo permitió que Egipto defendiera los valores comunes y se resistiera valerosamente a los asirios y

13

los persas, antes de ser salvado por un macedonio. Con la dinastía ptolemaica, este país experimentó un último despertar antes de desaparecer…, pero no para siempre, sino hasta la llegada de Napoleón Bonaparte.

Para comprender Egipto

«Egipto es una región situada al noreste de África que limita al norte con el mar Mediterráneo, al este con Arabia y el mar Rojo, al sur con la región de Nubia y al oeste con Libia y los desiertos que comunican con el Sáhara». Esta descripción de Egipto del siglo XIX se corresponde, a grandes rasgos, con la del Egipto de la antigüedad.

Egipto tiene 880 km de longitud (de norte a sur) y 500 km de ancho (de este a oeste). Ocupa una superficie de unos 500 000 km², pero las áreas productivas y pobladas apenas corresponden a la décima parte de esta extensión. Podría decirse que Egipto se sitúa íntegramente en el valle del Nilo, pues sólo allí hay ciudades y es donde se han desarrollado todos los grandes acontecimientos de su historia. Al este y al oeste del valle sólo hay desiertos y montañas estériles y deshabitadas.

Egipto se sitúa en el centro del antiguo continente, en el punto en el que se unen Europa, Asia y África. Ha

15

sido el escenario principal de muchos de los grandes acontecimientos de la historia, y prácticamente todos los demás han tenido repercusiones en esta región. Egipto fue la primera nación civilizada de la historia. Mientras las tribus prehistóricas poblaban Europa, Egipto ya contaba con un gobierno, erigía monumentos y mantenía una legislación.

Abraham, José y Moisés pasaron una temporada en esta región, en la que se formó el pueblo de Dios. La Biblia pasó por Egipto para convertirse en un libro universal. Jesucristo vivió aquí durante su infancia y los cristianos construyeron sus primeros monasterios en estas tierras.

EL NILO, EJE DE LOS MUNDOS ANTIGUO Y MODERNO

En Egipto nacieron las ciencias, las artes, la astronomía, la mecánica, la arquitectura, la escritura y la pintura. Egipto conquistó Asia durante el gobierno de Sesostris y Grecia recibió de esta región a sus fundadores, legisladores y primeros grandes hombres, desde Platón hasta Pitágoras. Alejandro Magno convirtió Egipto en el centro de su imperio y Julio César fundó el suyo en esta región, hasta que la muerte de Pompeyo puso fin a la república romana.

Egipto dio vida a Orígenes, el primer padre de la Iglesia, y a Arrio, cuya herejía dividió el cristianismo hasta la Edad Media. Durante la conquista de Jerusalén, el Egipto musulmán dio paso a las Cruzadas. Bastaba con que una persona creyera en el viejo dios Nilo para que San Luis, poderoso rey de Occidente y abanderado de la fe cristiana, rindiera armas en Damieta.

Bonaparte, su lejano sucesor, quiso dominar esta tierra por la fuerza y convertirla en la base del Imperio de Oriente, anexionando también a la India, pero se vio obligado a regresar a Occidente para fundar otro imperio mejor adaptado a sus medios.

Durante el siglo XIX, Egipto fue testigo de las disputas de franceses, ingleses y turcos por sus tierras. Los primeros cruzaron el canal de Suez y los segundos establecieron allí un protectorado, hasta que Egipto obtuvo su independencia.

El Nilo, cuyas inundaciones convirtieron a Egipto en el granero del Imperio romano, nunca ha dejado de fluir, pero ahora existen presas que controlan sus desbordamientos.

CRONOLOGÍA Y DATACIÓN

Para remontarse en la historia, los egiptólogos contemporáneos utilizan tres métodos complementarios:

• La datación relativa de los objetos descubiertos. En un país como Egipto, donde la reutilización siempre ha sido la regla, este método, si se empleara en solitario, proporcionaría resultados curiosos. Este tipo de datación puede usarse junto a otras cronologías relativas cuando los objetos egipcios están relacionados con objetos extranjeros que se hayan podido datar correctamente.

(Continúa)

El mundo y la vida desconocida de los faraones

• La datación absoluta. Este método tiene en cuenta los elementos de datación (eventos del calendario o astronómicos) que pueden fijarse de forma precisa en el conjunto del planeta.

• La datación científica. La egiptología también utiliza los métodos de datación radiométricos (termoluminiscencia, datación con carbono 14, paleomagnetismo), métodos científicos que permiten confirmar la cronología adquirida, pero que, como tienen un margen de error de varias docenas de años, no permiten realizar una comparación perfecta con textos concretos.

Los textos egipcios no se databan según una fecha fija que pudiera usarse como referencia, sino en el marco de un reinado concreto. Pero los egipcios no establecieron una sucesión precisa y continua de sus reinados. Manetón, en su obra *Aegiptíaca*, intentó establecer la cronología de la historia de Egipto. Este sacerdote egipcio, que vivió en el siglo III a. C., escribió en lengua griega este estudio dedicado a Ptolomeo II (285-246 a. C.) sin duda con la intención de que los nuevos amos del país comprendieran mejor la larga historia de Egipto.

Por desgracia, este estudio ha llegado fragmentario a nuestras manos y ha sido necesario completarlo con partes, a menudo contradictorias, de obras de autores más recientes, como Flavio Josefo, Julio Africano o Eusebio de Cesárea. Aunque los nombres de los faraones y sus años de reinado no coincidieran exactamente con los datos egipcios, la presentación sistemática de los soberanos en 30 o 31 dinastías marcó profundamente el enfoque de los

(Continúa)

egiptólogos. De hecho, Champollion utilizó este estudio para catalogar los nombres reales egipcios.

Conocemos dichos nombres gracias a las listas reales, que, además de una secuencia de nombres, en ocasiones incluían información sobre la duración de cada reinado y los acontecimientos que lo marcaron. Es evidente que Manetón tuvo acceso a este tipo de documentos. Sin duda, estas listas se situaron en el contexto del culto de los ancestros y se elaboraron con el objetivo de que el rey vivo conociera el lugar que ocupaba en un largo linaje. Algunas listas procedían de un contexto privado. Por ejemplo, la tablilla de Saqqara, hallada en la tumba de un escriba llamado Tenroy, presentaba un listado de 57 faraones, desde la dinastía I hasta el reinado de Ramsés II. También se halló otra lista más incompleta en una tumba tebana privada, en la que el difunto adoraba a 13 faraones muertos.

Sin embargo, la mayoría de estas listas fueron documentos oficiales elaborados durante un periodo real concreto. En Abidos se hallaron dos listas desarrolladas durante los mandatos de Seti I y Ramsés II. La primera incluía 73 faraones, desde Narmer hasta Seti I, mientras que la lista de la cámara de los antepasados del templo de Karnak, que se conserva en el Louvre y data del reinado de Tutmosis III, incluía 62 monarcas, desde Narmer hasta Tutmosis III. A pesar de su aparente precisión, estas listas fueron en realidad contextuales y selectivas. Por ejemplo, la de Karnak ponía de relieve a los soberanos tebanos, mientras que las listas ramésidas omitían a ciertos predecesores, como la reina Hatshepsut, por considerarlos usurpadores deshonrosos.

(*Continúa*)

El mundo y la vida desconocida de los faraones

El Canon Real de Turín, que también data del reinado de Ramsés II, ofreció a la egiptología un marco cronológico indiscutible. Este largo papiro escrito en hierático presenta un listado que incluye a casi 300 faraones egipcios. Este documento estaba prácticamente intacto a principios del siglo XIX, cuando lo adquirió Drovetti, pero se deterioró con gran rapidez.

Cuando Champollion y Seyffarth intentaron reordenar los distintos fragmentos, constataron la presencia de varias lagunas irreparables, debidas a la mala conservación del papiro.

Sin embargo, por vez primera pudieron acceder a un documento que, además de indicar el nombre de cada uno de los faraones, informaba sobre la duración de cada reinado.

Los autores también incluían los reinados divinos anteriores a la llegada de los faraones humanos. Además, aunque los soberanos hicsos nunca se habían incluido en otras listas, en esta se señalaban con un signo que indicaba su ascendencia extranjera. Ojalá se hubiera podido salvar a tiempo este documento tan extraordinario.

La cronología utilizada por la ciencia moderna deriva de un mosaico complejo que combina los distintos métodos de datación, aunque sólo proporciona unos resultados relativamente fiables. Esta fiabilidad depende de la cantidad y la calidad de las fuentes históricas presentes: aumenta cuando la presencia de datos de calendario precisos permite garantizar el tejido histórico, y se reduce durante los periodos intermedios, cuando los documentos oficiales se enrarecen y varios soberanos reinan conjuntamente en las diferentes partes del país.

TREINTA Y UNA DINASTÍAS, TRES CAPITALES E IMPERIOS

Hasta finales del siglo XVIII, la historia de Egipto únicamente se conocía a través de los textos de los autores griegos. Las obras de Diodoro de Sicilia y Heródoto, prácticamente las únicas fuentes conocidas de la época, estaban incompletas y eran poco certeras, pues contenían contradicciones evidentes y narraban unos relatos fabulosos.

También existía un documento cronológico escrito en griego por Manetón en tiempos de Ptolomeo II Filadelfo. Sin embargo, como la lista que elaboró este sacerdote egipcio se remontaba a los primeros soberanos que reinaron en Egipto 5000 años antes de nuestra era, se consideraba que el documento carecía de valor (véase el recuadro anterior). En una época en la que el Génesis suponía el relato fiel de los primeros tiempos de la humanidad y del pueblo hebreo —uno de los más antiguos y divinamente civilizados—, semejante documento no podía considerarse fidedigno. Que la Tierra se hubiera creado directamente del caos era por aquel entonces un evento cronológico tan veraz como la subida al trono de Luis XIV o el tratado de los Pirineos.

La expedición de Bonaparte y los descubrimientos realizados por Champollion permitieron descifrar los documentos escritos de Egipto y conocer la larga historia de los imperios que se sucedieron en el valle del Nilo.

Aunque las investigaciones han demostrado la ingenuidad de los relatos de Heródoto y Diodoro, la obra de ambos historiadores —especialmente la del primero— aportó una información muy valiosa sobre las costumbres egipcias. Heródoto, observador atento, presentó la vida privada de los egipcios, sus obras, sus costumbres, su religión y sus leyes. También describió los monumentos que se conservaban en su época y que nosotros sólo hemos podido ver en ruinas.

La cronología sigue siendo uno de los puntos más vagos de la historia del valle del Nilo, pues los egipcios carecían de eras y databan los acontecimientos de un reinado al inicio de este. Se calcula que hubo 26 dinastías reales desde el año 3000 a. C., momento en el que Narmer fundó la primera monarquía egipcia, hasta el año 527 a. C., cuando los persas ocuparon el valle del Nilo.

Estas 26 dinastías se dividen en tres periodos principales:

— Imperio Antiguo, que engloba diez dinastías, del año 3004 al 2050 a. C.;
— Imperio Medio, que incluye siete dinastías, del 2000 al 1590 a. C.;
— Nuevo Imperio, que cuenta con nueve dinastías, del 1590 al 525 a. C.

Tras la conquista de los persas acontecida en el año 525 a. C., se sucedieron cinco dinastías más, incluyendo las de los vencedores, lo que aumenta a 31 el número total de dinastías que reinaron en Egipto. La última fue la ptolemaica, destronada por Roma.

La sede del Imperio Antiguo fue Menfis; la del Imperio Medio, Tebas, y la del Nuevo Imperio, Sais y las ciudades del delta. La preponderancia sucesiva de las tres capitales no se corresponde de forma rigurosa con la sucesión de los tres imperios.

Los constructores de pirámides del Imperio Antiguo

NARMER, EL FARAÓN QUE UNIÓ EL NORTE Y EL SUR

Los egipcios creían ser gobernados por los dioses. Los *Shemsu Hor*, o servidores de Horus, obtenían su organización civil y sus leyes a través de la sabiduría divina. Es probable que en tiempos prehistóricos Egipto constituyera una teocracia. La casta de los sacerdotes era soberana y recibía de los dioses las órdenes que transmitía al pueblo.

Por lo general, en los gobiernos primitivos, tras un periodo de autoridad absoluta y divina, solía desarrollarse una época guerrera y feudal. Es muy probable que esto ocurriera también en Egipto, donde los reyes del sur y el norte se disputaban los terrenos fértiles de las orillas del Nilo. Seguramente, este periodo de conflicto concluyó con la revolución llevada a cabo por Narmer, el primer faraón, en el año 3000 a. C.

Hacía largo tiempo que la casta guerrera luchaba por incrementar su influencia y equipararla a la de los sacerdotes. Los jefes militares de los distintos distritos fueron adquiriendo mayor autoridad. Tras conquistar el delta del Nilo, Narmer, originario del Alto Egipto, reunió a los jefes militares, concentró sus fuerzas y fue reconocido como rey único. Acababa de nacer la primera dinastía.

En aquel entonces, Egipto ya contaba con una civilización bastante avanzada. El Nilo se había canalizado, se habían construido canales y se había perfeccionado la agricultura. También habían nacido las artes, grandiosas y masivas. Narmer fundó la ciudad de Menfis, o *Hat ka Ptah*, que los griegos conocían como *Aegyptos*. Esta ciudad, dedicada al dios Ptah, se alzaba en el punto de unión entre el Alto y el Bajo Egipto. Para separar la ciudad del Nilo y protegerla de las inundaciones, Narmer ordenó construir un dique gigantesco, el Muro Blanco. Narmer fue un faraón muy popular que aportó unidad al valle del Nilo, una tierra en la que los trabajos de irrigación, para resultar eficaces, debían realizarse por acuerdo general.

El Imperio Antiguo
y el esplendor de Menfis

La sociedad de Egipto era feudal. Los jefes de los nomos (distritos) respetaban al faraón como soberano, le ofrecían servicio militar y ordenaban ejecutar las obras públicas en su nombre.

Los descendientes de Narmer eran los faraones, hijos del dios sol. Para que su descendencia divina no se apagara nunca, los antiguos egipcios aceptaban la transmisión femenina. Cuando un faraón moría sin dejar un heredero varón (que podía ser hijo o sobrino), el jefe de la nueva dinastía contraía matrimonio con una princesa de la familia real precedente. De este modo, la sangre real de Narmer pasaba de una generación a otra sin diluirse.

Las dos primeras dinastías apenas dejaron huella en la historia. En esta época tan temprana ya se conocía la escritura, así que sabemos que las primeras dinastías establecieron el culto a los animales. Para poder imponerse a la aristocracia feudal, es posible que la realeza tuviera que luchar, como hizo la dinastía de los Capetos en Francia. Las inscripciones indican que varias dinastías colaterales estuvieron a punto de imponerse.

La dinastía III logró reforzar su autoridad y, después de unificar Egipto, preparó el terreno para la explosión civilizadora de la dinastía IV, que marcó el apogeo del Imperio Antiguo.

Durante este periodo se construyeron las pirámides y Menfis brilló con todo su esplendor.

La designación de Imperio Antiguo cubre el periodo posterior a la época tinita (de Tis/Tinis, capital real de las dos primeras dinastías) o Periodo Dinástico Temprano y comprende las dinastías III, IV, V y VI (2800 a. C.-2400 a. C.). Durante este periodo, la realeza faraónica afirmó su calidad casi divina. Las pirámides fueron edificadas por los reyes constructores del Imperio Antiguo, como Zoser, Seneferu, Keops, Kefrén y Micerino.

El faraón, situado en la cúspide de una estructura poderosa y organizada, reinaba sobre un Egipto unificado y ejercía su control sobre los hombres y los bienes. A cambio, garantizaba la seguridad de los ciudadanos egipcios y velaba por mantener un control eficaz de las fronteras.

En aquel entonces, los egipcios consideraban que Egipto era el centro del mundo. Poseían un vasto conocimiento de los desiertos que rodeaban su país y sabían explotar sus materias primas, desde el desierto de Libia hasta la península del Sinaí. Visitaban con frecuencia la Baja Nubia, situada al sur, y el mítico país de Punt les proporcionaba preciosas resinas odoríferas.

Asia, Biblos y el Líbano abrieron su comercio a los navíos procedentes del Nilo. Este contacto con los países vecinos permitió organizar expediciones de carácter más comercial que militar, que tenían como objetivo abastecer el país de productos raros o exóticos.

La familia real lo controlaba todo: la mano de obra, las materias primas y los productos elaborados. La producción se llevaba a la capital antes de ser redistribuida de forma más o menos equitativa. Esta centralización permitía disponer de reservas y equilibrar el aprovisionamiento de un año para otro, con el fin de evitar los periodos de hambruna.

Al no existir la moneda, los administradores recibían donaciones en forma de productos o de mano de obra. Una élite de altos funcionarios controlaba una administración numerosa y estructurada, cuyo armazón eran los escribas; el resto de la población era analfabeta.

Esta organización económica centralizada era un reflejo de la organización ideológica de la sociedad: una pirámide cuya cúspide ocupaba el faraón. Este era el único propietario de las tierras de Egipto y el único intermediario con los dioses, pues emanaba directamente de ellos y era su representante en la tierra. Las tumbas gigantescas que se ordenaba erigir en su honor en los límites del desierto son la prueba más deslumbrante de ello. El pueblo egipcio servía a su amo y debía alimentar a quienes ocupaban los escalafones superiores y, ante todo, al faraón, que era el motor del país.

Esta situación evolucionó durante el transcurso del Imperio Antiguo, cuando el faraón dejó de cumplir una función divina y se contentó con ser el hijo de Ra, un hijo electo más que biológico y un representante designado más que una verdadera encarnación del dios.

Esta evolución no se limitó únicamente a la función dinástica. Los altos cargos, antes reservados de forma exclusiva al entorno de la familia real, pasaron a ser ocupados por plebeyos, que empezaron a establecerse en dinastías hereditarias que controlaban buena parte de la pirámide social. Y estas muestras de independencia local acabaron provocando la disolución del poder centralizado.

Las exenciones con las que se recompensaba a los funcionarios que más lo merecían se multiplicaron de tal forma que el tesoro real se redujo en gran medida, como parece demostrar la disminución gradual del tamaño y la riqueza de las construcciones funerarias.

Es posible que el reinado de un faraón demasiado viejo y, quizás, un cambio climático que redujo en gran medida las lluvias y las inundaciones bastaran para que este imperio se hundiera a finales de la dinastía VI.

La caída no fue repentina, pues las dinastías VII y VIII siguieron gobernando desde Menfis, gracias a un aparato político que se mantenía por sí solo y era lo bastante sólido para perdurar. Sin embargo, estas dinastías carecieron del esplendor de las anteriores.

Como la estabilidad política se había desvanecido, los soberanos se sucedían a un ritmo demasiado rápido para que pudieran hacerse con el control del país. Fue necesario esperar a la llegada de un puño férreo del sur para que el país se unificara de nuevo.

Los monumentos del Imperio Antiguo no se construyeron con ladrillo, sino con piedra, símbolo de eternidad. Por eso, este periodo se convirtió en un modelo que seguir para todas las clases reinantes futuras.

LAS MASTABAS DEL IMPERIO ANTIGUO

La tumba egipcia tenía dos funciones distintas que influían en su forma: debía recibir al difunto y ser su lugar de descanso eterno, pero también tenía que ser un lugar de culto en el que pudieran depositarse ofrendas funerarias.

Cuando el francés Auguste Mariette descubrió la necrópolis de Saqqara, utilizó el término árabe que usaban sus obreros para designarla: *mastaba* («banco»). Una mastaba es un enorme edificio rectangular de paredes verticales y ligeramente curvadas que le confieren un aspecto trapezoidal característico, similar a un gran banco de piedra.

Las primeras tumbas reales fueron mastabas de ladrillo cuyas paredes exteriores estaban adornadas con relieves para evocar los muros del palacio real. Algunas tumbas se hallaban rodeadas de bancos sobre los que se exponían bucráneos. En uno de los lados se preparaba un espacio ritual y a ambos extremos de la mesa de ofrendas se alzaban dos estelas que evocaban la identidad del soberano. Esta estructura cubría el panteón subterráneo, excavado en la roca.

(Continúa)

Los constructores de pirámides del Imperio Antiguo

La mastaba en sí estaba rodeada por una muralla. Los miembros más cercanos de la familia real eran enterrados en pequeñas tumbas satélite cubiertas por bóvedas de adobe. Con la llegada de las pirámides, esta arquitectura quedó reservada a los nobles del entorno del rey, aunque Shepseskaf, un faraón que gobernó a finales de la dinastía IV —cuando se construyeron las grandes pirámides de Guiza—, eligió una simple mastaba como lugar de descanso eterno.

Las tumbas privadas se agrupaban alrededor de las pirámides, formando una verdadera ciudad.

El cadáver, dispuesto en un sarcófago de madera, descansaba junto a sus muebles y objetos personales en su cámara, situada al fondo de un pozo excavado en la meseta de piedra caliza que se sellaba tras los funerales.

En la cara oriental de la mastaba, al nivel de la superficie, había una cámara que hacía las veces de capilla. Como se orientaba sobre un eje norte-sur, siempre ocupaba una de las fachadas largas del edificio y solía situarse justo encima de la cámara funeraria y el sarcófago. Durante la dinastía II se construyó en forma de T, pero la siguiente dinastía la amplió para incorporar un gran pasadizo adornado con nichos. En el centro de la capilla se alzaba una mesa de piedra donde se podían depositar ofrendas para el faraón, y la pared del fondo estaba adornada con una falsa puerta. Por lo general, la decoración de los nichos estaba pintada sobre masilla o tallada sobre placas de madera.

Las primeras capillas se hicieron con adobe en el exterior del macizo de piedra, pero los avances arquitectónicos permitieron construcciones cada vez

(Continúa)

más complejas. Por ejemplo, la puerta falsa pasó a ser un nicho profundo que albergaba una estatua del difunto y, a veces, las estatuas se alojaban en un habitáculo llamado *serdab* que sólo se comunicaba con el mundo de los vivos a través de una minúscula grieta en el muro.

Más adelante, la tumba pasó a ser familiar: al igual que una casa, disponía de varias estancias dedicadas a sus distintos miembros. Pero entonces la tumba dejó de ser el hogar del difunto para convertirse en una representación del mundo. El paso de las estaciones se reflejaba en relieves que describían las ocupaciones agrícolas. Toda una población de artesanos, pescadores, campesinos y escribas se ponía al servicio del fallecido para aportarle todo aquello que pudiera necesitar en la otra vida, desde alimentos hasta diversión.

LOS FARAONES CONSTRUCTORES DE LA DINASTÍA IV

• Zoser, el Faraón de la Piedra, fue el segundo rey de la dinastía III. Reinó durante una veintena de años y, gracias a su ambiciosa política exterior, la península del Sinaí quedó bajo la autoridad de Egipto, con sus minas de cobre y turquesa. Impulsó el uso de la piedra tallada y ordenó erigir la pirámide escalonada de Saqqara, un enorme complejo funerario construido por su arquitecto Imhotep. Tras su muerte, Zoser permaneció durante largo tiempo en la memoria de los egipcios como uno de los grandes soberanos del Doble País. La estela del hambre, grabada en Asuán 2000 años después de su reinado, le rinde homenaje.

• Seneferu, el Conquistador del Sinaí, fue el primer faraón de la dinastía IV. Aunque continuó con el proceso de colonización de los faraones anteriores, su fama se desvaneció ante la obra de algunos de sus sucesores, como Keops, Kefrén y Micerino, que ordenaron construir las tres grandes pirámides de la meseta de Guiza.

• Keops, el Cruel, fue el segundo soberano de la dinastía IV. Hijo de Seneferu y de la reina Hetepheres, reinó durante 23 años. Su reinado estuvo marcado por una organización sistemática del aparato económico y por la explotación de las canteras de Uadi Magara (Sinaí), Hatnub (Medio Egipto) y Nubia.

Esta producción intensiva, que concedió prosperidad al país, se puso al servicio de una gran obra: la construcción de la Gran Pirámide de Guiza, de 147 m de altura y 231 de lado. Resulta asombroso que los antiguos egipcios pudieran crear una obra semejante, tanto por sus dimensiones como por el tiempo de ejecución (20 años), la precisión de su planificación, sus proporciones geométricas y su orientación. El complejo funerario, cuyo centro era la pirámide, incluía también las pirámides satélites de las reinas Meritites y Henutsen, así como varias tumbas principescas.

En el año 1954 se hallaron, a los pies de la pirámide, dos fosas oblongas que contenían dos navíos egipcios desmontados, en perfecto estado de conservación. Uno de ellos se pudo reconstruir pieza a pieza. Resulta imposible saber si estos barcos escoltaron a Keops hasta su última morada o si fueron embarcaciones simbólicas destinadas a permitir que el rey ascendiera hasta el cielo y navegara por el océano superior.

Cuando saquearon la tumba de Hetepheres, Keops ofreció una nueva sepultura a su madre. Los arqueólogos la hallaron intacta, con un soberbio mobiliario de madera recubierto de oro.

Por ironías de la historia, sólo conocemos al constructor del mayor monumento del Antiguo Egipto a través de una estatua minúscula de marfil que fue hallada en la arena de un templo de Abidos.

Keops dejó a la prosperidad una imagen detestable por haber construido su espléndida tumba con el sudor y la sangre de miles de obreros. La literatura del Imperio Medio lo presentó como un soberano cruel y arrogante que se aburría en su palacio y ordenaba ejecutar a seres humanos para distraerse. Heródoto, por su parte, afirmó que Keops cerró los templos, ordenó a los egipcios realizar trabajos forzados y prostituyó a su propia hija para conseguir los bloques de piedra necesarios para erigir su tumba. Su impopularidad contrasta con la imagen bonachona de su padre, Seneferu, ¡a pesar de que este ordenó construir no una, sino tres pirámides!

• Kefrén, la Cabeza de la Esfinge, fue el cuarto faraón de la dinastía IV. Hijo de Keops, reinó durante un cuarto de siglo y ordenó construir la segunda pirámide de Guiza. Esta era algo más pequeña que la de Keops (143 m de altura y 215 de lado), pero al estar construida en un nivel más elevado de la meseta parecía superarla. La cúspide estaba provista de un fino revestimiento de piedra caliza que se ha conservado en parte.

El complejo funerario incluía, en el lado oriental, un templo que se unía al del valle a través de una calzada funeraria ascendente. El templo del valle, que está muy bien conservado, presentaba enormes monolitos de granito con formas simples y desnudas.

El espacio interior contenía diversas estatuas de diorita que reflejaban la grandeza del rey. Una de ellas, que presentaba a Kefrén bajo la protección del dios halcón Horus, era toda una obra maestra en composición y equilibrio. El soberbio monolito de diorita gris verdosa procedía de las canteras de Nubia, situadas a más de 250 km al sudoeste de Asuán.

Kefrén también ordenó transportar una gran roca y esculpirla a su imagen. Hoy en día, esta figura con cuerpo de león y cabeza humana se conoce como la Esfinge o, para los visitantes árabes, el Padre del Terror. La Esfinge, guardiana de la necrópolis real durante el Imperio Antiguo, pasó a asociarse con el dios solar Ra Harmajis, Horus en el Horizonte.

Según Heródoto, Kefrén fue el digno sucesor de su padre, un rey detestable y tiránico. Sin embargo, en las fuentes egipcias no se ha hallado nada que confirme esta idea.

• Micerino, el Piadoso, fue el último soberano de la dinastía IV. Hijo y sucesor de Kefrén, su legitimidad fue puesta en duda por los distintos pretendientes al trono que reinaron de forma paralela antes de que Micerino lograra imponerse de una vez por todas.

Heródoto lo llamó *el Justo y Piadoso* porque liberó a la población de los trabajos forzados y de la obligación de ofrecer sacrificios. De todos los faraones, Micerino fue el que pronunció las sentencias más justas. Cuando el oráculo de Buto le dijo que no viviría más de seis años, ¡este faraón decidió celebrar banquetes por la noche para burlar la profecía y vivir el doble de tiempo!

Su reinado estuvo marcado por la construcción de la tercera pirámide de la meseta de Guiza. De 67 m de altura y 108 de lado, fue la más pequeña de las tres. Este monumento nunca se completó, pero su construcción estuvo muy cuidada.

De hecho, se dice que el conjunto de la pirámide y algunos de sus pasadizos subterráneos estaban recubiertos de granito.

El sarcófago de granito de Micerino yace en el fondo del mar Mediterráneo, pues el barco que debía llevarlo a Inglaterra en el año 1838 naufragó. Parte de un sarcófago de madera que llevaba su nombre sí que logró llegar a la capital inglesa, pero se trataba del ataúd en el que fue instalado durante la restauración de la pirámide que llevó a cabo la dinastía XXVI, ¡y los huesos que contenía databan de la época copta!

El templo funerario de Micerino estaba decorado con estatuas de diorita que representaban al rey acompañado por divinidades o por la gran esposa real.

LOS MISTERIOS DE LAS PIRÁMIDES

Estas montañas de piedra erigidas por el hombre son representativas del Antiguo Egipto, a pesar de que también las construyeron otras civilizaciones, principalmente ciertos pueblos de Asia y América del Sur. La Gran Pirámide de Guiza es una de las

(Continúa)

Los constructores de pirámides del Imperio Antiguo

siete maravillas del mundo de la época clásica. El término *pirámide* deriva de la palabra griega *pyramis*, que designa un pastel de sésamo o de trigo con esta misma forma.

Es posible que la forma de la pirámide derivara del montón de arena que cubría la fosa funeraria original y que los egipcios decidieran conservarla por razones mágicas y religiosas.

La primera pirámide fue fruto del ingenio de Imhotep, el arquitecto que trabajó al servicio del faraón Zoser. Hasta entonces, la tumba real había sido la mastaba, un enorme edificio rectangular construido alrededor de un pozo y una capilla de culto. Para edificar el complejo funerario del faraón, Imhotep generalizó el uso de la piedra de talla.

Antes de que se pudiera colocar la primera piedra de la pirámide de Zoser, fue necesaria una larga planificación intelectual.

La sencilla mastaba inicial aumentó de tamaño para cubrir las tumbas secundarias. Después, el arquitecto decidió ensamblar cuatro mastabas de tamaño decreciente para crear la primera pirámide escalonada. Al final de la obra, una quinta mastaba coronó el conjunto de la construcción de piedra. Y finalmente Imhotep erigió una pirámide de seis niveles, de 61 m de altura y entre 109 y 125 de lado.

Por debajo de la pirámide se extendía una red de pasadizos excavados en la roca. La cara sur acogía el templo funerario, donde descansaba la estatua real en su serdab, una cámara cerrada destinada a las estatuas funerarias.

Este desarrollo continuó durante el reinado de Seneferu, que ordenó construir dos pirámides después

(Continúa)

El mundo y la vida desconocida de los faraones

de completar la de su predecesor; esta seguía el modelo escalonado de Imhotep, pero incorporaba un fino revestimiento de piedra caliza que alisaba los flancos. El primer intento de construir una verdadera pirámide se realizó en Dahshur, pero fue demasiado ambicioso. Las grietas obligaron a los arquitectos a reducir su inclinación durante el transcurso de la obra, lo que concedió a la pirámide un perfil inusual y ligeramente encorvado.

Los arquitectos de Seneferu construyeron la primera pirámide regular al norte de la anterior. Teniendo en cuenta los errores de la primera construcción, decidieron mantener una inclinación de 43 grados que concedió a la pirámide un aspecto ligeramente encogido.

El éxito de esta segunda construcción permitió que se erigiera la gigantesca pirámide de Keops en Guiza, cuyos cuatro lados están orientados exactamente en función de los cuatro puntos cardinales y mantienen una inclinación perfecta de 52 grados, mientras que sus medidas contienen el valor aproximado del número áureo (1618).

Su única entrada se abrió en la cara norte, a 16 m de profundidad.

Siguiendo el modelo de Keops, todas las pirámides se erigieron alrededor de un complejo que incluía un templo bajo. Este se situaba cerca de un embarcadero y de los canales que comunicaban con el Nilo. Una calzada ascendente conducía al templo alto, situado en la cara oriental de la enorme pirámide. A partir de la dinastía IV, las superficies de este templo se decoraron con escenas en bajorrelieve.

En el interior de la pirámide se construyeron cámaras y pasajes, lo que suponía una verdadera

(Continúa)

prueba de fuerza para los arquitectos y los obreros, que debían instalar monolitos de aproximadamente 400 toneladas de peso. Durante la dinastía V, los muros de las cámaras inferiores presentaban largos repertorios de fórmulas grabadas, que se conocen con el nombre de Textos de las Pirámides.

Las reinas eran enterradas en pirámides satélites de menor tamaño. Se han hallado fosas con embarcaciones desmontadas que, o bien estaban destinadas a facilitar el viaje celeste del faraón, o bien lo condujeron a su última morada.

Los reyes del Imperio Medio también ordenaron erigir imponentes pirámides en la región de El Fayum. Estos monumentos se construyeron con adobe revestido de piedra, pero, al carecer de recubrimiento, desaparecieron bajo los efectos de la erosión. Sin embargo, bajo estas masas actualmente informes se ocultaban dispositivos cada vez más ingeniosos que protegían la cámara funeraria de los saqueadores.

Durante el Nuevo Imperio, las lomas piramidales de la montaña tebana protegieron las tumbas reales, aunque también se construyeron pequeñas pirámides de ladrillo con una gran inclinación que coronaban los hipogeos de los artesanos y las grandes personalidades de Tebas. Más adelante, los soberanos nubios de los reinos de Kush y Napata devolvieron a las pirámides su condición de tumbas reales.

Para los egipcios, la pirámide simbolizaba la tumba real. El rey difunto descansaba en ella y recibía las ofrendas del culto funerario. ¿Acaso sus minúsculos pasadizos ascendentes estaban destinados a permitir el paso del alma del rey difunto? El túmu-

(Continúa)

lo funerario primitivo en el que se origina la pirámide posiblemente evoca la colina primigenia que surgió de las aguas primordiales.

La pirámide es una escalera que intenta facilitar el ascenso del faraón hacia el cielo, donde debe reunirse con sus ancestros transformados en estrellas. «Tú trepas, tú escalas los rayos; tú eres el rayo en la escalera del cielo», reza uno de los textos. También se puede ver de forma simbólica la petrificación de los rayos solares que caen sobre la tierra por una abertura del cielo para calentar el cuerpo que descansa en su centro. «Levantaos, vos que estáis en la tumba; deshaceos de vuestros vendajes, apartad la arena de vuestra cabeza».

La Biblia —y después Hollywood— ha querido que el pueblo hebreo, sometido a la esclavitud, construyera la Gran Pirámide de Guiza. Son muchos quienes consideran que esta pirámide es en realidad una gran Biblia de piedra que oculta en sus proporciones, matemáticamente perfectas, una revelación de orden adivinatorio, místico o científico.

LAS ÚLTIMAS CONQUISTAS DE LOS REYES DE MENFIS

Los faraones de las dinastías V y VI continuaron la grandiosa obra de sus predecesores, pero tuvieron que transigir con las clases cultivadas que criticaban el régimen que los había enriquecido. Para poder mantener su autoridad se vieron obligados a aceptar la lenta transformación y el declive. Sin embargo, la dinastía VI logró conquistar Nubia y el país de Canaán.

• Unas, el último soberano de la dinastía V, ordenó erigir su complejo funerario en Saqqara, al sudoeste del de su gran ancestro Zoser. La pirámide, construida por Maspero, resulta poco impresionante en comparación con los monumentos de la meseta de Guiza, pues apenas alcanza los 40 m de altura. Sin embargo, el complejo se encuentra en buen estado de conservación.

Los muros de la calzada ascendente cubierta que unía ambos templos se adornaron con relieves de una sutileza exquisita que ilustraban temas diversos y variados, como la artesanía, el comercio y el transporte fluvial de los bloques de granito procedentes de Asuán. Sin embargo, también mostraban imágenes sobrecogedoras de la hambruna que azotó a los beduinos contra los que luchó Unas (¿o acaso eran augurios del desastre económico que tendría lugar al final del Imperio Antiguo?). Las escenas que muestran la llegada en barco de los mercaderes asiáticos podrían sugerir relaciones con Biblos y la costa del Levante mediterráneo.

Las paredes de los pasadizos de acceso y la cámara del sarcófago, provista de un techo azulado en el que brillaban estrellas de oro, presentaban unos textos inscritos conocidos como los Textos de las Pirámides, los cuales revelaron a los historiadores los secretos del culto egipcio al más allá. La tumba fue restaurada por el príncipe arqueólogo Jaemuaset durante el mandato de Ramsés II. En el periodo tardío, los Textos de las Pirámides pasaron a formar parte de la decoración de tumbas privadas.

• Pepy I, el Conquistador de Nubia, fue el segundo faraón de la dinastía VI. Durante sus 53 años de reinado sometió a Etiopía y Nubia, luchó victoriosamente contra los nómadas de Siria y colonizó el Nilo hasta la tercera catarata. También envió expediciones desde Asuán, la «cabeza del sur», para anexionar los territorios nubios, cuyos habitantes, una vez pacificados, cultivaron las tierras reales o sirvieron en el ejército del faraón. Pepy I, a través del Alto Nilo, intentó acceder al mítico país de Punt, célebre por las especias, las piedras preciosas y las grandes cacerías.

Aunque los soberanos de la dinastía IV embellecieron Menfis, el declive de la ciudad se inició aproximadamente en esta época y Abidos se convirtió en la capital del imperio. Las incursiones por Asia y Nubia pasaron factura, pues cuanto más crecía el territorio, más poder conseguían los faraones, que se vieron obligados a delegar a favor de los señores feudales.

• Pepy II, el Centenario, fue coronado a los seis años de edad y su reinado fue digno de los patriarcas bíblicos, ¡pues ocupó el trono durante 94 años! Hirjuf, su portador del sello, príncipe y único amigo, sembró el terror en los países extranjeros y regresó del Alto Nilo con 300 asnos cargados de incienso, ébano, perfume, grano, pieles de pantera, colmillos de elefante, madera tallada y demás tributos.

Uni, otro de sus generales, emprendió una campaña contra el país de Canaán (Palestina). Creó un ejército formado por docenas de miles de hombres y se puso a su cabeza. Nadie ocupó el lugar de su vecino, nadie asaltó a quienes se encontraban por el camino, nadie saqueó ningún pueblo por los que pararon. Este ejército regresó en paz después de arrasar el país de los

He riu sha (los que están en la arena), desmantelar sus murallas, degollar a docenas de miles de hombres y contar con numerosos heridos entre sus rangos.

Uni, que fue nombrado gobernador director del Alto Egipto, también veló por la paz pública, haciendo que la corte llevara la cuenta de todas las horas de trabajo realizadas.

• La regencia de Nitocris, la Vengadora, dio paso a un periodo de esplendor y prosperidad que duró prácticamente 600 años. Según Heródoto, la princesa Nitocris fue una mujer hermosa de mejillas rosadas que, para vengar el asesinato de su hermano y marido, mandó construir una inmensa cámara subterránea. Con el pretexto de inaugurarla, celebró un banquete al que invitó a numerosos egipcios, entre los que estaban los instigadores del crimen. Durante el banquete, hizo que las aguas del Nilo entraran en la sala a través de un canal que había mantenido oculto y escapó a una cámara llena de cenizas para evitar la muerte.

Durante su reinado ordenó construir la pirámide de Micerino y revestirla con un costoso recubrimiento de sienita. El cadáver de Nitocris fue depositado en un sarcófago de basalto azul, bajo la cámara del rey. Durante mucho tiempo se dijo que su sombra flotaba alrededor de la pirámide de Micerino y que hacía enloquecer a los viajeros que osaban contemplar su espectro alrededor de la inmensa tumba. ¿Quién fue esta legendaria Nitocris? ¿Acaso una esposa de Pepy II? Su leyenda es tan hermosa que resulta dudosa desde el punto de vista histórico. ¡Sin embargo, es perfecta para una película!

LA DECADENCIA DEL PRIMER PERIODO INTERMEDIO

El Primer Periodo Intermedio se inició hacia el año 2400 a. C. con la caída del Imperio Antiguo, al final del reinado de Pepy II y la dinastía VI. Concluyó con la reunificación del Doble País llevada a cabo por un soberano tebano al comienzo del Imperio Medio.

Este periodo cubre las dinastías VII, VIII, IX y X, llamadas *manetonianas*, así como el inicio de la dinastía XI tebana.

A finales del Imperio Antiguo, el poder real sufrió una lenta desintegración. Los nomarcas (los señores feudales que dirigían los nomos) se independizaron y lucharon entre sí, estableciendo reinos a lo largo del Nilo, desde el delta hasta la primera catarata. Las tribus asiáticas aprovecharon el conflicto para instalarse en el delta y los sacerdotes también se emanciparon y se enriquecieron, al reemplazar al faraón como intermediarios directos de los dioses.

El debilitamiento del poder central benefició a los nomarcas locales, debido a la herencia adquirida por los altos cargos del Estado y a las múltiples exenciones de impuestos de las que gozaban. Este periodo también estuvo marcado por un cambio climático que acentuó la desorganización del sistema económico del Estado egipcio.

Las dinastías VII y VIII mantuvieron su sede en Menfis. Las listas reales citan los nombres de los 25 faraones que ejercieron durante un periodo de 30 años, sin incluir los 70 faraones que reinaron en 70 días que se citan en la lista de reyes de Manetón. Según los egiptólogos, esos nombres deben pertenecer a dinastías paralelas o impostoras.

Sin embargo, la información procede de las listas reales oficiales que se elaboraban para celebrar el culto de los ancestros y que, por lo tanto, sólo incluían los nombres de aquellos soberanos que, siglos más tarde, se seguían considerando legítimos.

Los nomarcas, que se rodearon de una corte que reproducía el sistema faraónico a nivel local, dispensaron al faraón una prelación relativa y acumularon cargos civiles y religiosos. Este periodo estuvo salpicado de guerras y los distintos nomarcas formaron coaliciones temporales que fluctuaron en función de la suerte de sus armas.

El aparato político y económico del conjunto del país se desbarató, y los caminos dejaron de ser seguros.

Cuando un nomarca no lograba imponerse con rapidez, el hambre y la miseria azotaban a sus conciudadanos.

El fin de este periodo fue testigo del enfrentamiento entre las dos coaliciones principales. Una de ellas, dirigida por los nomarcas de Asiut, controlaba el conjunto del delta y buena parte de Egipto Medio; la otra, dirigida por Tebas y Coptos, tenía el control del conjunto del sur.

Finalmente, fue esta última la que se abrió paso por el norte y logró unificar el país bajo el mandato de los soberanos de la dinastía XI. No es cierto que la solución del conflicto fuera militar. En realidad, las buenas relaciones existentes entre Tebas y el delta durante el Imperio Medio fueron debidas a los acuerdos diplomáticos.

El Primer Periodo Intermedio no sólo significó la dislocación del poder faraónico, sino que también fue testigo de un desafío a la civilización egipcia, pues las tumbas que todos habían creído indestructibles fueron profanadas.

La élite del Imperio Antiguo vio cómo se derrumbaba su mundo y, aunque en cierto modo logró mantener el control de la situación, no consiguió levantarse. La función real también cambió. ¿Qué había sido de aquel faraón todopoderoso y sobrehumano que podía mezclarse con las estrellas? Había tenido que ceder su puesto a nuevos hombres que no dudaron en apropiarse de buena parte de sus privilegios y democratizarlos. A partir de ahora, los Textos de las Pirámides también adornarían las paredes de los sarcófagos de los plebeyos más destacados que, desde el fondo de sus tumbas, podrían reunirse con el soberano solar y caminar con él hacia los dioses.

LOS MALES DE LA GUERRA CIVIL

Un papiro escrito durante el Nuevo Imperio en forma de parábola describe la decadencia del Imperio Antiguo:

«Los nobles llevan luto y los pobres están exultantes de alegría. Toda la ciudad dice: "Vamos, eliminemos a los poderosos". Los ladrones se convierten en propietarios y las antiguas riquezas se roban. Los ciudadanos muelen el grano y quienes visten hábitos de lino son golpeados. Personas que nunca ha-

---

(Continúa)

Los constructores de pirámides del Imperio Antiguo

(Continuación)

bían visto la luz salen al exterior. El país está lleno de rebeldes; el hombre que va a trabajar al campo debe ir armado.

»Aunque las aguas del Nilo hayan crecido, ya nadie trabaja, pues todos piensan: "No sabemos qué ocurre en el país". El hombre mata a su hermano, nacido de su propia madre. Los caminos están vigilados.

»Personas ocultas entre los matorrales esperan al paisano que regresa a casa al anochecer para robarle su carga; lo muelen a palos y lo matan vergonzosamente. Las tropas que han perdido a sus capitanes se mueven erráticamente, pues ya no hay nadie que las agrupe.

»Las cosechas se pierden. Hay carestía de prendas de vestir, especias y aceite. Los graneros están destrozados y sus guardianes yacen en el suelo. La gente come hierba y bebe agua; muchos roban el alimento destinado a los puercos».

LA ESCRITURA EGIPCIA: DEL IMPERIO ANTIGUO A LAS ÚLTIMAS DINASTÍAS

Los intercambios culturales que mantuvo Egipto con Mesopotamia, la unificación del país bajo la batuta de un único soberano y la llegada de un reinado centralizador contribuyeron a que se inventara la escritura al final de la época predinástica. Aunque se utilizó principalmente para fines administrativos, también conoció otros usos. Por ejemplo, la escritura monumental apareció enseguida, aunque sólo en las leyendas de obras pintadas o esculpidas. La es-

(Continúa)

critura capital (jeroglífica) y la cursiva (hierática) surgieron más adelante y se desarrollaron de forma simultánea.

La evolución de la escritura se divide en cinco grandes etapas:

• Escritura predinástica: ausencia de textos coherentes y frases completas.

• Durante el reinado de Zoser se realizó una reforma del sistema que permitió escribir frases complejas y textos extensos. La escritura se utilizaba para fijar códigos y, durante la dinastía V, también se desarrolló en forma de autobiografías. Se sospecha que existieron antologías científicas, matemáticas y médicas, pero no verdaderos textos literarios. Por lo general, a través de la escritura sólo se trataban temas prácticos o esenciales.

• El Primer Periodo Intermedio fue testigo de la democratización de la escritura, así como del desarrollo de la literatura autobiográfica y la creación de obras de entretenimiento. Estos relatos estaban dirigidos a los adultos y a una élite intelectual. La literatura, que ofrecía una nueva manera de formular y resaltar el discurso escrito, influyó en gran medida en los textos religiosos, que tuvieron una mayor difusión. Los reyes insertaron sus autobiografías en los textos históricos.

• Durante el Nuevo Imperio se desarrollaron las creaciones literarias. Los géneros se multiplicaron y se diversificaron. El uso de la escritura se complicó debido al desajuste cada vez mayor que existía en-

(Continúa)

tre la lengua hablada —el neoegipcio escrito en cursiva hierática— y el egipcio medio, que solía utilizarse en las inscripciones jeroglíficas monumentales y religiosas.

• La transmisión cultural se perpetuó a través de los escritos del periodo tardío. La aparición de la escritura demótica —simplificación de la escritura hierática— cubrió un nuevo estadio de la lengua y una evolución de las mentalidades.

Esta evolución estuvo marcada por la diversificación de los contextos en los que se utilizaba la escritura.

También se constató una habilidad creciente en los escribas, que utilizaban signos cada vez más reducidos y estilizados y, por lo tanto, más prácticos.

Se estableció una lenta, pero clara, división entre los distintos tipos de escritura, a pesar de que unos derivaban de otros. Por esta razón, los escribas demóticos empezaron a necesitar tablas de concordancia para transcribir sus textos en escritura hierática o jeroglífica.

Sin embargo, la escritura siguió siendo principalmente un instrumento de la administración y el saber de una élite.

Era una marca de pertenencia a la clase aristocrática y una característica masculina, puesto que pocas mujeres tenían acceso a ella.

Durante el Imperio Medio, Menfis contaba con 1,5 millones de habitantes, pero sólo entre 5000 y 15000 sabían leer y escribir.

A partir del Primer Periodo Intermedio, los egipcios aprendieron a leer y a escribir en las escuelas. Este aprendizaje, relativamente breve, se iniciaba

(Continúa)

(Continuación)

con la escritura jeroglífica y pasaba después a la escritura hierática, más difícil pero también más utilizada. Pocos escribas estaban realmente versados en el uso de la escritura jeroglífica, pues este conocimiento estaba reservado a un cuerpo de élite, a los dibujantes y a los sacerdotes.

Debido a la simplicidad de sus intercambios, la economía egipcia no requería una gran administración y, por lo tanto, la clase literaria privilegiada no necesitaba ampliar sus rangos.

La escritura fue, tanto en Egipto como en otros países, una fuerza estabilizadora que permitió fijar la tradición. También fue una herramienta de progreso que favoreció la transmisión de nuevas ideas.

El complejo sistema de escritura jeroglífica

La escritura jeroglífica apareció en Egipto hacia el año 3200 a. C., seguramente después de que surgiera la escritura cuneiforme. Aunque fue el resultado de una larga evolución, cuya existencia asegura el hallazgo de paleojeroglíficos o jeroglíficos arcaicos, el sistema surgió con rapidez sin que fuera posible identificar sus orígenes.

Las consonantes sólo se percibían con la ayuda de unos signos, llamados *fonogramas*, que servían de apoyo a un sonido. El ideograma, por su parte, era un término completo que solía hacer referencia al ser u objeto representado por el signo. Todo fonograma podía ser utilizado como ideograma. Para ello, bastaba con acompañarlo de un trazo vertical que indicara que se trataba del ser u objeto representado. Sin embargo, también podía tener otros

(Continúa)

significados, como el conjunto del objeto representado o la herramienta necesaria para la acción.

Cuando un signo se utilizaba como fonograma, podía unirse a otros signos para expresar un valor fónico complejo o crear nuevas palabras. La escritura jeroglífica permitía expresar nociones que no hacían referencia a objetos reales y desarrollar pensamientos abstractos.

El alfabeto egipcio seguía un orden propio que era necesario conocer para poder trabajar con él. Resulta prácticamente imposible traducir un texto directamente, salvo por las fórmulas redundantes, puesto que la escritura jeroglífica carecía de puntuación y no separaba las palabras.

Los signos jeroglíficos se podían escribir de derecha a izquierda o de izquierda a derecha, y también de arriba abajo (poco habitual) o de abajo arriba. En cambio, las escrituras cursiva, hierática y demótica siempre se escribían de derecha a izquierda, como el árabe, o en columnas que iban de arriba abajo.

La escritura jeroglífica buscaba una disposición armoniosa de los signos. Estos debían agruparse en cuadros imaginarios, divididos en mitades y cuartos. Los escribas, impulsados por el miedo al vacío que también sentían los pintores y escultores, intentaban ocupar el espacio de escritura de la mejor forma posible. La búsqueda de armonía se convirtió en una obligación que les incitaba a colocar ciertos signos antes de aquellos que deberían precederlos de forma lógica o detrás de aquellos que deberían ir detrás, con el único fin de obtener una disposición armoniosa. Esta manipulación se realizaba en detrimento del buen sentido y no facilitaba en absoluto la lectura.

(Continúa)

(Continuación)

La escritura jeroglífica también presentaba un fenómeno de prelación que hacía que un grupo de signos pasara por delante de otro simplemente porque expresara una noción importante, como dios o faraón. Además, si aparecían dos consonantes similares seguidas, sólo se escribía una, aunque cada una de ellas formara parte de una palabra distinta.

La lengua egipcia sólo conocía dos géneros, el masculino y el femenino; el neutro no existía.

Los verbos no se conjugaban, pero los pronombres sí que se declinaban. En egipcio medio, la noción de tiempo solía indicarse a través del contexto o el uso de una desinencia.

La edad de oro
del Imperio Medio

TEBAS, CAPITAL DEL IMPERIO REUNIFICADO

Los gobernadores de Tebas, que habían adquirido cierta independencia, rivalizaban con los soberanos del Bajo Egipto. Al estar expuestos a los ataques constantes de las poblaciones nubias del sur y no contar más que con sus propias fuerzas, reclutaron ejércitos para mantener sus fronteras, que habían retrocedido de nuevo hasta la primera catarata debido al debilitamiento y las disensiones producidas al final del Imperio Antiguo.

Estos príncipes tebanos afirmaban ser los descendientes de Pepy I, el rey conquistador de la dinastía VI, y muchos de ellos se convirtieron en reyes antes de que Mentuhotep IV derrocara de forma efectiva a la dinastía X y reuniera bajo su cetro único a las diversas provincias del imperio.

Menfis fue definitivamente destronada por Tebas. Se produjeron cambios radicales tanto en el gobierno como en las tradiciones, los nombres de familia e incluso la religión. Los dioses del Alto Egipto, Amón y

51

Osiris, reemplazaron a Ra y Ptah, que habían gobernado sobre Menfis durante las primeras dinastías.

Medio siglo después, Tebas y sus príncipes dominaban el imperio, dando paso a uno de los periodos más prósperos del Antiguo Egipto. Las dinastías XI, XII, XIII y XIV gobernaron el Imperio Medio durante aproximadamente cuatro siglos.

La nueva realeza reunificada, de origen principalmente tebano, intentó enmendar los errores cometidos en épocas precedentes. Para apaciguar al país desplazó la capital hacia el centro menfita de Egipto, en el punto de unión entre el valle y el delta del Nilo. Fue entonces cuando se desarrolló la depresión cenagosa de El Fayum, que hasta entonces sólo se conocía por su pescado y su fauna acuática.

El conjunto del territorio próximo a El Fayum se reorganizó lentamente con la implantación de un nuevo sistema catastral. Las fuerzas vivas de la administración central eran de origen tebano y la oscura divinidad de Amón acabó asimilándose a Ra para conceder legitimidad a la dinastía reinante.

Con esta reorganización territorial del país, los nomarcas pasaron a ser funcionarios. El poder dejó de estar en manos de una élite familiar y las exenciones y los cargos hereditarios empezaron a otorgarse con parquedad. A partir de ese momento, la economía descansaría sobre una extensa casta de funcionarios formados en las escuelas.

Respecto a la política exterior, el poder central ya no tenía que preparar expediciones con las que asegurar el control de las materias primas. Ahora, la Baja Nubia formaba parte del territorio egipcio y era explotada y controlada por una red de fortalezas que garantizaban la seguridad de los colonos. Nubia se convirtió en propiedad privada de los faraones egipcios, que utilizaron sus recursos para independizarse de sus grandes vasallos.

La política asiática se reactivó. Las relaciones privilegiadas con Biblos y los puertos del Líbano impulsaron una verdadera «egiptación» de estos pequeños reinos, que tuvieron que asimilar el culto de sus divinidades. Egipto, reforzado por el protectorado de la franja litoral, intentó establecer relaciones con el mosaico sirio-palestino. También se abrió a las influencias mediterráneas y, más concretamente, a las del mundo egeo.

Con respecto a las artes, el Imperio Medio fue percibido durante los siglos siguientes como la época del clasicismo. Sólo quedan ruinas de las dinastías XI y XII, pues la mayoría de los edificios construidos durante esa época fueron desmantelados posteriormente. Sin embargo, se han hallado algunas maravillas intactas, como la Capilla Blanca de Sesostris I, así como varias joyas que permiten adivinar la riqueza de esta edad de oro. A partir de la dinastía XIII, los soberanos dejaron de disponer de los medios necesarios para construir grandes monumentos, pues sus reinados fueron sumamente cortos.

Esta dislocación del poder central tuvo consecuencias en las fronteras. El control sobre Nubia se debilitó y el poder quedó en manos de los vecinos septentrionales y asiáticos, que durante largo tiempo se habían mantenido a las puertas del país y se habían ido instalando lentamente en los límites orientales. Los señores del delta fueron suplantados por los *heka khasut*, o soberanos extranjeros, conocidos con el nombre helenizado de *hicsos*.

Los reyes sol de las dinastías XI y XII

La dinastía XI, surgida de los nomarcas de Tebas, restauró la unidad nacional entre los años 2160 y 2000 a. C.

• Mentuhotep IV, el Reunificador de las Dos Tierras, reinó durante aproximadamente medio siglo. Un bajorrelieve describe su legendaria historia: tras capturar a los jefes de las Dos Tierras, tomó posesión del sur y el norte, los países extranjeros, las dos orillas (Egipto) y los nuevos arcos (países vecinos de Egipto). Se le representa a punto de masacrar a un egipcio, un nubio, un libio y un asiático.

• Mentuhotep VI envió una expedición al país de Punt para abastecerse de incienso fresco, necesario para restablecer el culto en los templos restaurados. En la expedición participaron 3000 hombres a los que a diario se les suministraron dos jarras de agua y 20 tortas. Los asnos transportaban el material necesario para construir un navío. La expedición regresó con la mercancía deseada, así como con bloques de piedra con los que construir las estatuas del templo real.

• Amenemhat I, el Plebeyo Hijo de Sacerdote, visir de Mentuhotep, fundó la dinastía XII, que gobernó durante dos siglos y fue la más brillante del Imperio Medio. La mayoría de sus faraones designaron en vida a un sucesor, lo que permitió que la autoridad se transmitiera sin sobresaltos y proporcionó una gran unidad a la obra del conjunto de la dinastía.

Durante este periodo se construyeron numerosos monumentos. La riqueza general permitió que los particulares también pudieran construir tumbas llenas de esculturas que describían en detalle sus ocupaciones y su vida cotidiana. En cuanto a las inscripciones oficiales sólo se registraban victorias.

Amenemhat I era ya un hombre maduro cuando ocupó el trono. Trasladó la capital a Itjtawy, en la región de El Fayum, una zona poco desarrollada que descansaba al sur de la llanura de Menfis. Tebas siguió siendo la segunda ciudad más importante del reino.

En un primer momento se vio obligado a recorrer el valle de forma habitual para reducir los focos de resistencia y dar caza a las bandas de beduinos que habían aprovechado el periodo de anarquía para instalarse en el delta. También tuvo que reafirmar los recortes catastrales tradicionales, puestos en duda por los nobles. Como los nomarcas mantenían una excesiva autonomía en sus nomos, decidió conceder cargos administrativos a personas de su confianza.

Asimismo, Amenemhat I intentó asentar la influencia egipcia en el exterior, dirigiendo expediciones militares y comerciales a Nubia, Libia y Palestina. Ordenó construir la fortaleza de Semna, inaugurando así una política de construcción en la región de Nubia. También ordenó levantar el Muro del Príncipe, una obra defensiva de gran envergadura formada por varias fortalezas que protegían el delta oriental de las agresiones beduinas y asiáticas.

La toma de poder y la reunificación del país que llevó a cabo le proporcionaron numerosos enemigos. Consciente de ello, designó corregente a su hijo Sesostris I en el año 21 de su reinado. En el año 30, cuando el príncipe se encontraba en plena campaña militar en Libia, Amenemhat I fue asesinado a causa de un complot urdido en el seno de su harén.

Fue enterrado en una pirámide situada en El Fayum, construida con bloques de piedra procedentes del templo funerario de Keops.

• Sesostris I, el Reorganizador de los Cultos, llevaba 10 años reinando junto a su padre como corregente cuando, a su regreso de una victoriosa campaña contra los libios, supo que Amenemhat I había sido asesinado. Su reinado, que duró 45 años, se inició con la crisis política que su padre había intentado evitar al designarlo corregente. Esta crisis demostró que la dinastía XII, nacida de una usurpación, estaba lejos de ser legitimada. Sesostris logró mantener el poder y recuperó el control de los principales territorios del reino, a los que concedió una independencia provisional a modo de recompensa. Al igual que su padre, designó corregente a su hijo Amenemhat II. La maquinaria administrativa del país siguió funcionando como en el pasado y Sesostris mantuvo en sus funciones al visir de su padre. También llevó a cabo una política de anexión activa con Nubia y reforzó la frontera meridional. En el año 18 de su reinado preparó una expedición crucial: se anexionó buena parte de la Baja Nubia y también instaló una guarnición permanente en la fortaleza de Buhen. El faraón fue divinizado y pasó a ser objeto de culto.

En Siria-Palestina llevó a cabo una política no agresiva con el único objetivo de mantener relaciones diplomáticas y comerciales.

En cambio, no adoptó la misma actitud con sus otros vecinos y dirigió una intensa política defensiva contra los libios para proteger el delta y los oasis occidentales de sus incesantes incursiones.

Tras dedicar sus primeros años de reinado a recuperar el control del territorio, Sesostris I se centró en la reorganización de los cultos y cubrió Egipto de magníficos monumentos de caliza. Tebas, la ciudad en la que la familia reinante tenía sus raíces, fue la primera en verse honrada de esta forma. Sesostris mandó construir en esta ciudad un soberbio templo en honor al dios Amón. Este suntuoso edificio se convertiría en el corazón de lo que más adelante sería el mayor templo egipcio.

La ciudad de Tebas se elevó a un rango divino y los himnos celebraron sus victorias. El resto de las urbes importantes tampoco se quedaron a la zaga. Esta intensa actividad constructiva dio paso a una reorganización de la economía que, entre otras cosas, realizó una explotación intensiva de los recursos minerales. Sesostris envió a Nubia una expedición formada por más de 17 000 hombres que regresaron cargados con 60 esfinges y 150 estatuas.

Sesostris I favoreció el culto de ancestros familiares, como el príncipe Intef —nomarca de Tebas y supuesto fundador de la realeza tebana—, y antepasados históricos, como los grandes soberanos del Imperio Antiguo convertidos en modelos políticos, entre los que destacaron Seneferu y Sahura.

• Amenemhat II, hijo y sucesor de Sesostris I, fue el tercer soberano de la dinastía XII. Subió a un trono ya consolidado y reinó sobre un Egipto pacífico y profundamente anclado, a nivel político, en Nubia. Reinó durante 38 años, los primeros en corregencia con su padre y los últimos en corregencia con su hijo y sucesor, Sesostris II.

Su reinado estuvo marcado principalmente por las relaciones comerciales con el país de Punt, Biblos, Siria-Palestina y Chipre. En algunas excavaciones efectuadas en Siria-Palestina se han hallado estatuas de la princesa real Ita y de varios oficiales egipcios. Su reino también estuvo marcado por una importante obra monumental. Su complejo piramidal, que además de la tumba incluía al menos una calzada ascendente y un templo funerario, no se construyó en El Fayum, sino en Dahshur (al sur de Saqqara).

• Sesostris II, el Desecador de El Fayum, fue el hijo y sucesor de Amenemhat II, con quien compartió el trono durante unos tres años como corregente. Sin embargo, no estableció una corregencia clara con su hijo y sucesor, Sesostris III.

Aunque no se conoce con certeza la duración de su reinado (entre 20 y 48 años), este marcó un hito en la historia de la dinastía XII y el Imperio Medio. Sesostris reforzó la red de fortificaciones de la Baja Nubia e inició la desecación y la explotación de las marismas insalubres de El Fayum.

Sin embargo, la explotación de recursos minerales fue bastante reducida durante su reinado en comparación con los anteriores.

• Sesostris III, el que anexionó la Baja Nubia, fue el hijo y sucesor de Sesostris II. La duración de su reinado es bastante imprecisa. Sistematizó las reformas realizadas por su predecesor e integró la Baja Nubia en el territorio egipcio. También amplió un canal construido por Pepy I para facilitar el paso de la primera catarata. Fueron necesarias cuatro campañas para acabar con la hostilidad de las poblaciones locales que se negaban a aceptar el yugo egipcio. La frontera se estableció en Semna, al sur de la segunda catarata, con un despliegue de ocho fortalezas instaladas entre la primera y la segunda cataratas.

El acceso al valle de Nilo quedó cerrado para los nubios, que sólo mantenían contacto con el mundo egipcio a través de un puesto de cambio.

Respecto a Asia, la voluntad de expansión de Sesostris III se caracterizó por la toma de Siquem, una ciudad situada en la región del monte de Efraín. Este faraón no se limitó a llevar a cabo una intensa política exterior, sino que además combatió la amenaza interior que constituían las dinastías hereditarias de los grandes feudos. También reorganizó por completo el aparato administrativo, dividiéndolo en las partes superiores y redistribuyéndolo entre un mosaico de cargos menores que estaban bajo el control directo de los tres visires que controlaban el norte y el sur de Egipto y Nubia.

Durante este periodo se formó una clase media que se arrogó el privilegio de erigir monumentos funerarios de calidad variable, lo que permitió que los talleres artesanales locales experimentaran un desarrollo sin precedentes. En cambio, la desaparición de las cortes provinciales provocó una disminución de las necrópolis regionales.

El complejo funerario real se construyó en Dahshur, pero la tumba fue saqueada por sus primeros descubridores. Bajo unas superestructuras de adobe relativamente pobres se ocultaban unas cámaras subterráneas realmente impresionantes. Los pasajes, recubiertos de caliza blanca, conducían a una cámara mortuoria de granito. También se encontraron tres barcas de madera. Más adelante, en el año 1895, se hallaron las tumbas de las princesas, que contenían obras de orfebrería de una delicadeza remarcable. Un siglo después, en el año 1994, se descubrió la tumba de la reina Nofret, su sarcófago y sus joyas.

• Amenemhat III, el Vencedor del Nilo, fue el sexto faraón de la dinastía XII. Su reinado fue muy largo —acabó con la corregencia de su sobrino Amenemhat IV— y marcó el apogeo tanto de esta dinastía como del Imperio Medio. Al subir al trono no llevó a cabo una política innovadora, sino que se contentó con mantener la de sus predecesores. Durante este periodo floreció el comercio con el norte y el sur. Varios pueblos de origen asiático se instalaron en el delta para convertirse en una mano de obra que al principio se recibió con alegría, aunque no tardó en convertirse en invasora.

Las caravanas viajaban a Asia en busca de telas bordadas, piedras preciosas, jarrones esmaltados, madera de cedro, esclavos y perfumes. Los minerales se explotaban de forma intensiva: diorita de Nubia, granito de Asuán, piedra bejen de Uadi Hammamat, piedra caliza de Tura, turquesa y cuero del Sinaí...

El oasis de El Fayum se convirtió en un inmenso embalse que recibía el excedente de las aguas del Nilo, permitiendo regularizar el riego en estas tierras. Los diques que separaban el lago artificial tenían hasta 50 m de grosor. En el centro de este gigantesco embalse (el lago Moeris de los griegos) se alzaban, sobre dos enormes pedestales, dos colosos que representaban al faraón y a su esposa. Cuando crecían las aguas, las olas tocaban los pies de ambos colosos y el gran Nilo acariciaba con sus olas al vencedor. Según Heródoto, el lago Moeris era la gran maravilla de Egipto.

Sin embargo, una sombra se cernía sobre este maravilloso escenario. La presión fiscal y administrativa provocó la deserción masiva de los campesinos, que fueron esclavizados a modo de represalia.

El faraón ordenó construir dos pirámides, una en Dahshur, cerca de Saqqara, y otra en Hawara, en la región de El Fayum. Fue enterrado en Dahshur, en una pirámide de adobe provista de un fino recubrimiento de piedra caliza ya desaparecido; el piramidión de granito negro con inscripciones sí se ha conservado. En el segundo complejo funerario de Hawara, el templo y la residencia de verano formaban un conjunto tan complejo que los griegos quisieron ver en él el laberinto legendario. Este palacio, el más grande del mundo, disponía de 3000 habitaciones y su inmensa fachada de piedra caliza blanca resplandecía sobre el lago Moeris.

• Amenemhat IV fue el último faraón de la dinastía XII. Tras 10 años de reinado, fue sucedido por su hermana, antes de que la corona pasara a otra casa tebana, fundadora de la dinastía XIII.

Segundo Periodo Intermedio

Durante las dinastías XIII y XIV, el poder de los faraones se desmoronó. No existe ningún monumento que sea testimonio de este medio siglo de historia.

Al norte, la invasión de los hicsos, los reyes pastores

El Segundo Periodo Intermedio comenzó con la invasión extranjera llevada a cabo por unos príncipes de origen semita a los que los egipcios llamaban *hicsos* o jefes de los países extranjeros. Estas tribus de pastores procedentes de Asia llegaron a Egipto hacia el año 1700 a. C., tras los cambios que sacudieron a los imperios situados a orillas del Éufrates.

Reprimiendo o arrastrando consigo a las poblaciones nómadas de Siria y el país de Canaán, los hicsos cruzaron el istmo de Suez e invadieron el delta, donde acamparon con sus tropas. La decadencia del poder egipcio les permitió convertirse en amos y señores del país, tomar Menfis y devastar el Bajo Egipto.

Aunque la dinastía XIII perduró cierto tiempo en el exilio, los hicsos no tardaron en hacerse con el control de la parte septentrional de Egipto. Tras varios años de saqueos, adoptaron la forma de vida de los vencidos y sus dioses. Sus reyes, a imagen y semejanza de los faraones, fundaron tres dinastías (XV, XVI y XVII) en el transcurso de un siglo.

Temiendo la amenaza de sus hermanos nómadas de Siria, los hicsos fundaron una poderosa capital llamada Avaris en la desembocadura más oriental del Nilo y establecieron en las inmediaciones un campo atrincherado con capacidad para 240 000 hombres.

Gracias a este despliegue de fuerza y a la influencia de los escribas egipcios que pasaron a trabajar a su servicio, el gobierno de los hicsos fue poderoso e ilustrado, aunque no estuvo a la altura de las grandes dinastías egipcias. Esta masa heterogénea de cananeos y asiáticos asumió las influencias cretenses y mantuvo relaciones con Oriente Próximo y el mar Egeo. Durante este periodo, los hijos de Jacob, patriarcas de las 12 tribus de Israel, se asentaron en Egipto. El José de la Biblia fue ministro y favorito de uno de estos reyes pastores, a los que el Génesis llamó *faraones*.

Al sur, la resistencia de los príncipes tebanos

En el sur, los pueblos nubios aprovecharon la debilidad del gobierno central para escapar de la tutela de las fortalezas que se habían erigido en sus tierras durante el Imperio Medio. Instauraron en Kerman un principado independiente, administrado por oficiales egipcios. Egipto parecía estar atrapado entre dos bandos y sus dos grandes enemigos, los asiáticos y los nubios, estuvieron a punto de unirse durante este periodo.

Sin embargo, los príncipes tebanos se alzaron e iniciaron una guerra de reunificación desde los estados del sur. Esta dinastía estuvo formada por guerreros que construyeron su reino a punta de espada sobre los campos de batalla.

Las tornas de la guerra no tardaron en cambiar. Los hicsos lograron apoderarse del país gracias al caballo y al carro, que les concedieron gran rapidez de intervención. Pero los egipcios aprendieron a luchar contra sus enemigos usando sus mismas armas. También contrataron los servicios de mercenarios *medjai* de origen nubio para interceptar a los oficiales de enlace que intentaban contactar con los hicsos y los rebeldes nubios. De este modo lograron desestabilizar a sus rivales.

Entonces comenzó una encarnizada guerra de reconquista que duró varias generaciones y que sólo terminó con la expulsión de los invasores. Los últimos hicsos se defendieron enérgicamente hasta que Amosis I, fundador de la dinastía XVIII, logró apropiarse de su campamento de Avaris, lo que supuso un golpe fatal para su dominación en el delta.

Reducidos a bandas carentes de organización, los hicsos volvieron a cruzar desordenadamente el istmo de Suez. Los que permanecieron en el país, como los descendientes de Israel, se convirtieron en esclavos de los egipcios, que no dudaron en vengarse de ellos con dureza.

El Segundo Periodo Intermedio también estuvo caracterizado por la búsqueda de unas tendencias que se habían ido esbozando durante el Imperio Medio, así como por la adaptación a un periodo de crisis marcado por la militarización de la sociedad. Los antiguos nomarcas volvieron a hacerse con el poder. Los soberanos tebanos tuvieron que recurrir a toda su habilidad y a una serie de alianzas matrimoniales con el fin de mantener las coaliciones políticas necesarias para la supervivencia del reino, que podía compararse con la Francia de inicios de la Edad Media, tanto por la presencia de invasores extranjeros como por sus propios señores.

La desaparición de los grandes centros políticos y económicos tradicionales llevó consigo una provincialización y un empobrecimiento de la cultura. En el arte monumental, la falta de medios y talentos formadores degeneró en repeticiones torpes. Sólo se mantuvo, en cierta medida, la escritura hierática, administrativa y contable.

Pero, entonces, Egipto se reunió de nuevo bajo el cetro de un único soberano. Tras liberar el Nilo del yugo extranjero y llevar la paz a la región, Amosis I recibió los honores divinos. Se inició entonces una nueva era que recibiría el nombre de Nuevo Imperio, un periodo que devolvería a Egipto parte de la gloria del pasado.

Los fastos y las guerras del Nuevo Imperio

El esplendor de la dinastía XVIII

El primer periodo del Nuevo Imperio, que se inició hacia el año 1600 a. C., fue una época de guerras y conquistas. Los años de lucha contra los hicsos habían desarrollado el espíritu militar en Egipto. El país tomó las armas durante el reinado de Tutmosis I, hijo de Amosis I, y no las dejó hasta cinco siglos después, tras tres dinastías de reyes aventureros.

• Amosis I, el Vencedor de los Hicsos, se considera el primer rey de la dinastía XVIII, a pesar de que era descendiente de la familia reinante de la tebana dinastía XVII. Su hermano fue Kamose, el príncipe tebano que inició la guerra de reconquista contra los hicsos. Amosis subió al trono muy joven, cuando su hermano murió en combate, pero se benefició de la enérgica regencia de su madre Anhotep.

Fue él quien logró expulsar a los hicsos de Egipto tras el largo y difícil asedio de Avaris, su capital. Los persiguió hasta Palestina para arrasar todas las plazas fuertes que pudieran utilizar para contraatacar. En el año 22 de su reinado, llegó al Éufrates y preparó el terreno para establecer un protectorado egipcio en el Levante que conduciría a la creación del gran imperio de los faraones.

En el sur reprimió a los jefes nubios, que intentaban aliarse con los hicsos para atacar desde ambos flancos al poder tebano. También creó un nuevo centro administrativo en Buhen que quedó bajo la dirección de un noble llamado Touri, que se convertiría en el primer virrey de Nubia durante el reinado de Amenofis I.

Durante sus primeros 20 años de reinado, Amosis I también se vio en la obligación de imponer su ley sobre los príncipes egipcios, tanto si estaban aliados con los hicsos como si no.

Para el beneficio de Tebas, retomó las grandes obras reales y organizó el suministro de materias primas desde las minas y canteras. Además, la ruta comercial con el puerto levantino de Biblos recuperó su importancia perdida.

Amosis I murió a los 35 años de edad. Ningún arqueólogo ha encontrado su tumba, que seguramente fue saqueada en la antigüedad y descansaba en la necrópolis de Dra Abu el-Naga, donde se alzan las pirámides de los soberanos de la dinastía XVII.

Ahmose-Nefertari, su esposa (y, seguramente, su hermana), asumió la regencia de su hijo Amenofis I. Esta reina creó la función sacerdotal de esposa divina y fue la primera en asumirla, de modo que también fue divinizada. El pueblo egipcio rindió culto a su estatua de madera embetunada, negra como la tierra de Egipto.

• Amenofis I, hijo y sucesor de Amosis y Ahmose-Ne-fertari, reinó durante algo más de 20 años y continuó la política de restauración de su padre. Militarmente se limitó a realizar expediciones a Nubia para regularizar la entrada de minerales y productos exóticos, como el oro de Kush. Restableció el honor de la dinastía XII y copió los monumentos de Sesostris I. Sus cortesanos también reutilizaron las antiguas tumbas del Imperio Medio, seguramente por razones económicas.

Amenofis I fundó el equipo de obreros de tumbas, encargados de construir y decorar el hipogeo real, así como el poblado en el que residían, llamado Deir el-Medina.

• Tutmosis I, el Toro Poderoso, fue el sucesor de Amenofis I, aunque no hay constancia de que estuviera emparentado con él. Puede que fuera un sobrino o un primo del faraón, o incluso un compañero de armas o un oficial que contara con su confianza.

Tutmosis I contrajo matrimonio con la reina Ahmose, que posiblemente también era hija de Amenofis I. Ahmose le dio una hija, Hatshepsut, así como otro bebé que murió a una edad temprana. Su hijo y sucesor, Tutmosis II, nació del vientre de una concubina real.

La duración de su reinado se conoce con precisión: 11 años y 9 meses. Tutmosis fue esencialmente un rey militar, un verdadero soldado, como refleja su apodo, *el Toro Poderoso*.

Al inicio de su reinado realizó una expedición a Nubia para poner fin a un levantamiento. Además, amplió la frontera fijada durante el apogeo del Imperio Medio y alcanzó la cuarta catarata (estela de Kurgus), antes de establecer los límites del protectorado egipcio en la tercera catarata (estela de Tombos). Esta presencia egipcia quedó marcada por la construcción de una fortaleza.

Tutmosis I también llevó a cabo un recorte administrativo que hizo que cinco distritos quedaran bajo la autoridad de los príncipes nubios sometidos.

Además, abrió el canal de Sehel para establecer relaciones con el sur.

Esta política de expansión sin duda estuvo dictada por la necesidad de aprovisionar los cofres reales. El faraón, al mando de sus ejércitos, inició una larga expedición que lo llevó hasta la orilla del Éufrates, donde instaló estelas fronterizas. Este acto reflejó la voluntad hegemónica del soberano, que ofreció a los países intermedios su protección militar y su civilización a cambio de una retribución anual.

Los pueblos sirios aceptaron el impuesto, pero en cuanto el yugo pareció aliviarse, los reyes sometidos se sublevaron y se negaron a pagar el tributo. Las expediciones de conquista tuvieron que reiniciarse una y otra vez, pero los ejércitos egipcios nunca encontraron adversarios de su talla en el mosaico de ciudades-estado del pasadizo sirio-palestino.

Más al norte, en cambio, se vieron obligados a contar con la ayuda de Mitani, un reino que unas veces fue un aliado oportunista de Egipto y otras, su mayor enemigo, en función de sus intereses. Esta alianza moldeó la política egipcia en Oriente Próximo hasta el final de la dinastía XVIII, cuando surgió la nueva potencia militar de los hititas.

La nueva dimensión asiática aportó un nuevo equilibrio al Doble País. Sin desatender Tebas, que siguió siendo la capital dinástica, Tutmosis I desarrolló la vieja capital de Menfis, donde ordenó acondicionar un puerto fluvial destinado a mantener relaciones con las costas libanesas, fundó un palacio e instaló una poderosa guarnición dotada de regimientos con carros de combate.

En Karnak, Tutmosis I ordenó construir el templo de Amón, orientado hacia el oeste, así como la tumba real, la primera que se construiría en lo que más adelante se convertiría en el Valle de los Reyes.

• Tutmosis II, sucesor de Tutmosis I, contrajo matrimonio con su hermana Hatshepsut, como era habitual en aquel entonces.

La princesa asumió un papel preponderante en el gobierno de Egipto durante la juventud de su esposo y hermano, con el que tuvo una hija.

El reinado de Tutmosis II fue breve: apenas duró unos tres o seis años.

Durante este tiempo reprimió una nueva revuelta en Nubia y hostigó a los beduinos que saqueaban las tierras palestinas.

Antes de morir, unió en matrimonio a su hija con Tutmosis III, el hijo que tuvo con una concubina. Sin embargo, su heredero era tan joven que Hatshepsut, su tía y madrastra, decidió ocupar el trono. Para asegurarse el poder, se vio obligada a vestir como un hombre, al menos al principio.

Hatshepsut reinó durante aproximadamente 15 años. Durante su influencia se llevó a cabo la célebre expedición al país de Punt y Egipto logró establecerse de forma duradera en Nubia, más allá de la tercera catarata.

• Tutmosis III, el Vencedor de Asia, se formó en el arte de la guerra durante su juventud y subió al trono tras la muerte de Hatshepsut. Al principio continuó la obra de su tía, pero en cuanto afirmó su poder se convirtió en uno de los faraones más importantes de la historia egipcia, uno de los grandes constructores del país y uno de los mayores conquistadores del mundo.

Contrariamente a lo que se ha dicho con frecuencia, ni sintió un odio tenaz hacia Hatshepsut ni desmontó los monumentos de la reina faraón para destruir su memoria 10 años después de su muerte. En verdad, la mayoría de las desacralizaciones de los nombres de Hatshepsut, que normalmente fueron reemplazados por los de Tutmosis I y Tutmosis II, fueron obra de los reyes de la dinastía ramésida, convertidos en justicieros tardíos.

En el mundo de los faraones, los asuntos familiares solían ser complicados porque los matrimonios se celebraban entre hermanos y hermanas, primos y primas. Tutmosis III se casó con su hermanastra y, después, con una reina de linaje incierto que dio a luz a Amenofis II. Además, tuvo varias concubinas elegidas entre las hijas de los príncipes vasallos. En Nubia, Tutmosis ordenó construir una estela entre la cuarta y la quinta catarata. La región quedó sometida al control de la ciudad de Napata y el ejército mantuvo su presión sobre aquellas tribus que escapaban aún del dominio directo.

Tutmosis III, apodado *el Grande*, desplegó todo su poder en Siria-Palestina, donde realizó 15 campañas anuales sucesivas. Conocemos con todo lujo de detalles el relato de sus expediciones gracias a los *Anales* inscritos en pleno corazón del templo de Amón, en Karnak.

Tutmosis III combatió contra una coalición dirigida por el príncipe de Kadesh y tomó Megido tras un brutal asedio que duró siete meses (Megido y Kadesh, ciudades clave de los países de Canaán y Siria, han dado nombre a diversas batallas).

Tras la derrota del príncipe Kadesh, el príncipe de Tunip se puso al mando de los insurgentes. El faraón sólo cesó las hostilidades cuanto tomó la ciudad. Entonces tuvo que enfrentarse a Mitani, el enemigo legítimo de la dinastía, que contaba con una población mayoritariamente hurrita gobernada por una aristocracia indoeuropea.

Tutmosis III sabía que en este lugar la corriente fluía en su contra, de modo que llamó a los hombres de Punt de la costa libanesa y cubrió de sangre y fuego las orillas del Éufrates. Después, alcanzó el Tigris y lo remontó hasta Nínive. Ningún otro faraón logró adentrarse tanto en Asia.

Al igual que su padre, erigió una nueva estela fronteriza al sur del Éufrates y se enfrentó en el país de Assur a una manada de 120 elefantes, que pasaron a formar parte de su botín (durante el ataque de los animales, fue salvado por uno de sus oficiales).

Sometió a las ciudades sirio-palestinas al pago de un impuesto-tributo, les concedió una libertad relativa y dispuso varias guarniciones egipcias.

Al igual que había hecho en Nubia, donde los dioses dinásticos compartían el panteón con los nubios, Tutmosis III erigió en esta región santuarios dedicados a las divinidades egipcias.

Los jóvenes príncipes indígenas eran llevados como rehenes a la corte egipcia, donde los educaban los me-

jores maestros de palacio con el objetivo de convertir-
los en embajadores de Egipto en su país cuando subie-
ran al trono. Algunos permanecieron en su país de
adopción, donde desarrollaron una carrera brillante.

Tutmosis III centró su obra constructora en Karnak,
el dominio privilegiado del dios Amón. Concedió al
templo una amplitud sin precedentes y construyó el
primer lago sagrado.

Este hombre de pequeño tamaño (a juzgar por su
momia), curioso y culto, conoció la escritura jeroglífica,
sintió un gran interés por el mundo que lo rodeaba y
ordenó anotar con precisión todas las plantas extranjeras que se encontraron durante sus expediciones. Sus
intereses no se limitaron a la botánica: también ordenó
transcribir obras antiguas, como los Textos de las Pirámides, y solicitó a los teólogos que crearan nuevas antologías y ritos ceremoniales.

El templo de Amón que erigió entre el de Mentuhotep II y el templo funerario de Hatshepsut en Deir
el-Bahari retomó la forma escalonada iniciada por su
tía —aunque en versión reducida, debido a la falta de
espacio—, que recuerda a las «escaleras o terrazas incienso del país de Punt».

Tutmosis III construyó su tumba en el Valle de los
Reyes, en una anfractuosidad inaccesible. La importancia de este faraón contrasta con la sencillez de su
tumba, hecho que parece indicar que Tutmosis III supo mantener los pies en el suelo.

Considerado el padre de los padres, su culto perduró hasta la época ptolemaica. Los relatos de sus mara-
villosas hazañas entusiasmaron al público durante más
de 1500 años.

Cuando Alejandro Magno asumió el poder en Egipto, restauró los santuarios construidos por Tutmosis III para apropiarse de las virtudes de su «antepasado».

El título de trono de Tutmosis III, *Menjeperra Dyehutymose*, se convirtió en un poderoso talismán de protección y se vendió en forma de amuleto por todo el litoral mediterráneo hasta el periodo saíta.

• Amenofis II, el Faraón Soldado, era hijo de Tutmosis III. Fue corregente de su padre durante tres años y su reinado se prolongó tres décadas. Durante este tiempo llevó a cabo una serie de operaciones para destruir a una coalición de príncipes del Alto Retenu, una región situada entre el Orontes y el Éufrates. Según el relato de la estela de Amada, él mismo ejecutó a siete de los príncipes vencidos, los ató al mascarón de proa de su flota, remontó el Nilo con este macabro equipaje y ordenó llevar los cadáveres a las murallas de Tebas y Napata, en Nubia, para impresionar a sus súbditos.

Realizó una segunda expedición asiática que tuvo resultados más duraderos e instauró una época de paz y estabilidad que se prolongó 75 años. En el próspero Egipto del interior, Amenofis II completó las construcciones iniciadas por su padre y dejó una obra monumental importante.

Su tumba se descubrió prácticamente intacta. No sólo contenía su momia y una parte del mobiliario original, sino también un escondrijo sacerdotal de la dinastía XXI con varias momias reales y principescas del Nuevo Imperio.

El reinado de Amenofis II marcó el inicio de una evolución duradera para el reino egipcio, que se había convertido en un imperio rico y abierto a Asia. A partir de ahora, el faraón se formaría en los campos de batalla, adiestraría a sus caballos y blandiría las armas.

Amenofis II fue un hombre de acción, violento y cruel que nunca dudó en vigilar él mismo a los prisioneros ni en atarlos al timón de su carro. Los puestos de mando del país los ocuparon nuevos nombres que, en vez de pertenecer a una élite hereditaria, habían sido compañeros de armas o estudios del faraón.

• Tutmosis IV, el Diplomático, fue hijo de Amenofis II. Como príncipe heredero subió al trono tras contraer matrimonio con su hermana. Murió aproximadamente a los 30 años de edad y su heredero, Amenofis III, fue engendrado por una concubina. Durante sus nueve años de reinado dirigió la guarnición de Menfis, lanzó operaciones contra los beduinos y los nubios, y dirigió por Asia una expedición contra Mitani, más allá del Orontes. Siempre prefirió la diplomacia a la guerra y, tras una serie de laboriosas negociaciones, estableció con el rey de Mitani un tratado de paz por el que contraía matrimonio con una princesa naharina que se uniría al harén faraónico.

Su obra arquitectónica fue realmente impresionante. En Karnak, al este del templo de Amón, erigió un gigantesco obelisco de casi 40 m de altura. Esta obra, iniciada por Tutmosis III, había permanecido incompleta durante más de 40 años.

También ordenó retirar la arena que cubría la Esfinge de Guiza, tras dormir entre sus patas cuando todavía era príncipe, al regreso de una cacería, y tener un sueño premonitorio sobre su subida al trono.

Su tumba se encuentra en un *uadi* secundario del Valle de los Reyes, cerca de la de Hatshepsut.

• Amenofis III, el Rey de Nubia en el Éufrates, fue hijo de Tutmosis IV y reinó durante aproximadamente 40 años. Contrajo matrimonio con Tiy, una plebeya oriunda de Egipto Medio. El nombre de esta mujer de carácter estuvo estrechamente vinculado al reinado de Amenofis III. Le dio al menos dos hijos —uno de los cuales se convertiría en el faraón Amenofis IV (Akenatón)— y también cuatro hijas, entre las que destacó Sitamón, que al final del reinado asumió las funciones rituales de reina.

Amenofis III heredó un imperio que se extendía desde Nubia hasta el Éufrates. Sus tributos le aportaban una riqueza increíble y una entrada sin precedentes de materias primas y productos importados. Al no tener la necesidad de garantizar la seguridad de las fronteras mediante expediciones militares, el faraón egipcio, convertido en un refinado jerarca oriental, gobernó su imperio mediante plenipotenciarios. Gran parte de la correspondencia diplomática, escrita en cuneiforme, se ha conservado hasta nuestros días.

Para consolidar su relación de amistad con la primera potencia asiática contrajo matrimonio con Giluhepa, hija del rey de Mitani. También integró en su harén a la hermana del rey de Babilonia y, después, a sus hijas. Esta diplomacia matrimonial no impidió que la nueva potencia hitita creara una coalición de ciudades-estado gobernadas por el príncipe de Amurru, con el objetivo de liberarse del yugo egipcio, que, sin embargo, era ligero.

Egipto se convirtió en un país cosmopolita y se abrió a las modas e ideas extranjeras. El arte se liberó, la religión evolucionó y el faraón y la reina se convirtieron en dos manifestaciones de la divinidad en la tierra.

Todo tendía a lo colosal, desde los propileos monumentales de Karnak hasta el templo de Luxor o el templo del Millón de Años de la orilla occidental, que fue destruido por un terremoto y reconvertido en cantera. Hoy en día, su posición tan sólo está marcada por los dos colosos de Memnón, que antaño emitían sonidos armoniosos al amanecer.

Todas estas construcciones estuvieron dirigidas por el maestro arquitecto Amenhotep, que fue elevado al rango de santo.

El templo de Mut contenía más de 700 figuras de la salvaje diosa leona Sejmet, dos por cada día del año, erigidas sobre una verdadera «letanía de piedra» para aplacar su cólera.

Amenofis III, rey de origen tebano, vivió en un palacio equiparable a una pequeña ciudad. El palacio, que ocupaba varias hectáreas rodeadas de terrenos de cultivo en la ribera oriental, estaba construido con adobe, pero su decoración reflejaba una sofisticación y un lujo sin precedentes. La fachada del palacio se alzaba sobre un lago artificial de unos 1000×2500 m, que se unía al Nilo a través de un canal.

La tumba real se excavó en un *uadi* lateral del Valle de los Reyes, que seguramente ya estaba superpoblado. La mala calidad de la piedra caliza obligó a los artesanos a pintar sobre estuco unas figuras que, a pesar de lo deterioradas que están en la actualidad, denotan una gran elegancia y delicadeza.

• Amenofis IV o Akenatón, el Rey Profeta, se empapó en su infancia de una religión con fuertes connotaciones solares y se convirtió en su profeta tras subir al trono, cuando su padre enfermo y anciano decidió abdicar. Durante su reinado, ordenó erigir en la parte oriental del dominio de Amón, en Karnak, una serie de edificios inspirados en los templos solares del Imperio Antiguo. Se trataba de grandes cortes construidas a cielo abierto y salpicadas de altares, erigidos con la ayuda de ladrillos de piedra o pequeños bloques de arenisca de un codo de largo. Resulta imposible saber si llevó a cabo esta reforma en contra de los deseos del clero de Amón, que tenía una gran influencia en el Estado egipcio.

Más adelante, el faraón adoptó el nombre de Akenatón, que significa «aquel que es útil para el disco solar», y su imagen adquirió una nueva connotación, pues pasó a ser representado con rasgos demacrados y prácticamente asexuales. Hoy en día se sabe que esta imagen simplemente era la expresión de un pensamiento que convertía al soberano y a la pareja real en la manifestación terrenal de una divinidad celeste única, a la vez padre y madre de la creación.

Para romper con el pasado y los «errores teológicos» del culto de Amón, Amenofis IV fundó una nueva capital en El Amarna, Egipto Medio, en la que se instalaron tanto la familia real como el gobierno del imperio. Aparecieron altares sobre los tejados de las habitaciones y la familia real se convirtió en el centro del culto divino.

Todos los actos reales eran emanaciones de la divinidad. Los relieves mostraban al faraón y a la reina, acompañados por sus seis hijas, durante sus salidas en carruaje, sus apariciones públicas o en la intimidad del palacio. Muchas representaciones mostraban a la reina y a sus hijas sentadas sobre las rodillas del faraón o a la pareja en la cama. Sin embargo, la gran mayoría presentaba a la familia real realizando ofrendas al disco solar, que a cambio les devolvía vida y favores a través de sus brazos radiantes.

Las imágenes y el nombre de Amón fueron destruidos, se censuró el nombre de otras divinidades y se prohibió el uso en plural del término *dios*. El culto de Atón y la familia real pasó a ser el único aceptado y adoptó la forma de un monoteísmo celoso. Su teología se depuró y la reina, emanación femenina de la divinidad, pasó a ocupar un lugar primordial. Cuando Nefertiti desapareció, fue reemplazada por la mayor de sus seis hijas y, después, por la tercera.

Con la muerte del faraón, tras 20 años de reinado, el Egipto del dios Amón despertó. La religión de Atón no consiguió arraigar, pues, al ser demasiado intelectual y poco icónica, no logró seducir a la élite intelectual ni al pueblo en su conjunto. La capital fundada por Akenatón fue abandonada y la corte, en la que un grupo de presión militar adoptó una importancia amenazadora, coronó en Menfis a un niño, el rey Tutankamón.

Una vez muerto, el rey profeta pasó a ser el enemigo. Su tumba fue saqueada; sus monumentos, destruidos, y su nombre, borrado. Años después, el faraón Horemheb contaría sus años de reinado a partir de la muerte de Amenofis III y las listas de culto de los soberanos ramésidas ignorarían a Akenatón.

• Tutankamón, el Niño Faraón, posiblemente fue hijo de Akenatón y una esposa real distinta a Nefertiti.

Contrajo matrimonio con una hija de Akenatón y subió al trono a los ocho años de edad. Manipulado por los restauradores del antiguo orden, instaló su capital en Menfis, pero también pasó largas temporadas en Tebas con su corte. Sus primeros edictos se centraron en la refacción de los ídolos y las barcas divinas, así como en la reorganización de los dominios sacerdotales. Su política exterior se centró en intentar restablecer los fastos del pasado.

Murió durante su duodécimo año de reinado, antes de haber cumplido los 20 años de edad. A juzgar por el estado de su momia, sufrió una muerte violenta. Su cuerpo momificado fue transportado de Menfis a Tebas, acompañado por un mobiliario reunido a toda prisa, pues contenía numerosos objetos de uso cotidiano que, en ciertos casos, ni siquiera pertenecían al faraón. Estas mismas prisas incidieron en la elección de su tumba, que tan sólo disponía de cuatro cámaras pequeñas y carecía de los pasadizos típicos de aquella época. Sin duda se trataba de una sepultura privada.

Esta inhumación tan poco regia permitió que la tumba permaneciera intacta durante milenios, pues la entrada quedó oculta entre los restos de las cabañas de los artesanos ramésidas. Howard Carter, su descubridor, ya había inspeccionado el conjunto del Valle de los Reyes y estaba a punto de rendirse cuando se produjo el milagro. En el interior de la tumba de Tutankamón se encontró un mobiliario de tal riqueza que cuesta imaginar qué pudo contener la tumba de un faraón tan grande como Ramsés II.

Su joven viuda, abandonada por todos durante este periodo turbulento, acudió al rey hitita y le propuso contraer matrimonio con uno de sus hijos para convertirlo en el faraón de Egipto. El complot se llevó a cabo, pero el príncipe hitita fue asesinado en el proceso. El nombre de Tutankamón también fue martilleado y olvidado.

La guerra civil y las disputas religiosas hicieron que la dinastía XVIII llegara a su fin. Los hititas de Siria aprovecharon esta época de conflicto para hacerse con el poder.

• Ay era un sacerdote ya anciano cuando ocupó el trono tras organizar los funerales de Tutankamón, al que había servido como visir. Algunos consideran que fue tío de Nefertiti, pues contrajo matrimonio con su ama de cría.

• El general Horemheb se convirtió en su sucesor después de que los sacerdotes de Amón le hicieran contraer matrimonio con una gran sacerdotisa de Amón de sangre real. Horemheb, que contaba con el apoyo del ejército, ordenó cortar la nariz a los ladrones para poner fin a la anarquía generalizada. También reorganizó la armada y estableció bases en el sur, en Tebas, y en el norte, en Menfis. Además, utilizó el ejército para intentar recuperar Canaán.

LOS OBREROS DE LA TUMBA REAL

La construcción de una tumba se iniciaba en cuanto subía al trono el nuevo faraón. Los planos de la residencia eterna se dibujaban sobre papiro, a título indicativo, y podían irse modificando durante el

---

(Continúa)

transcurso de los años para adaptarse a la buena o mala fortuna de la obra.

Deir el-Medina constituye un buen ejemplo del método de trabajo de los obreros egipcios. Los obreros se dividían en dos equipos, el derecho y el izquierdo. Ambos trabajaban de forma independiente y seguían las órdenes de un jefe de equipo y un delegado.

Durante el Nuevo Imperio, cada equipo disponía de entre 40 y 120 obreros, pero nunca había más de 60 trabajando a la vez en la tumba.

Como los terrenos funerarios estaban bastante saturados, pronto se hizo necesario disponer de un plano preciso que marcara las tumbas existentes, para no caer en errores tales como el que tuvo lugar durante la construcción de la tumba de Ramsés IV, cuyos planos tuvieron que modificarse para evitar la tumba de Amenemes.

Por lo general, encontrar el lugar perfecto requería cierto tiempo. Por ejemplo, determinar el emplazamiento de la tumba de Ramsés IV llevó todo un año, mientras que el de Seti I se decidió apenas tres meses después de que subiera al trono.

Los obreros utilizaban herramientas de piedra para cavar la suave caliza de los acantilados tebanos, así como picos de cobre o bronce para hacer saltar los lechos de sílex. Golpeaban estas herramientas con mazas de madera. En las primeras tumbas, las salas se excavaban desde arriba, sin buscar la verticalidad de sus muros, y una parte del equipo pulía las paredes mientras la otra continuaba con las operaciones de excavación.

La iluminación artificial pronto se hizo necesaria. Los egipcios utilizaban lámparas de aceite, cuyas

(Continúa)

mechas remojaban en una solución salina con el objetivo de que no humearan y no dejaran ningún resto de hollín en los relieves. Los agujeros se tapaban con escayola y se cubría la roca, todavía húmeda, con una capa de masilla.

Aunque la decoración se determinaba antes de que se excavara la tumba, la asignación de adornos y paredes se realizaba al final de la obra. Los artesanos colocaban líneas guía con la ayuda de una cuerda revestida que pegaban a la superficie de la pared. Estas líneas les permitían crear figuras proporcionadas, pues había una para la parte superior del cráneo, otra para el cuello, otra para la cintura, etc. También se utilizaban rejillas modulares de cuadros idénticos para ampliar los motivos diseñados sobre papiro. En ocasiones, la mala comprensión de los textos daba lugar a copias inversas.

Los artesanos trazaban un primer borrador con tinta roja y realizaban las correcciones en negro, salvo en la tumba de Seti II, donde también se hicieron en rojo. Estas correcciones se aplicaban sobre la forma y el contenido, con el fin de conseguir una disposición armoniosa de los textos con respecto a las imágenes, pero también de los signos jeroglíficos entre sí.

Con Horemheb se pasó por primera vez al relieve y los escultores empezaron a trabajar de abajo hacia arriba. Después, pulían el techo y lo recubrían con una fina capa de yeso antes de pintarlo.

Los colores se determinaban en función de un código de uso que no dejaba lugar a la imaginación del artista. Incluso los jeroglíficos tenían un color preciso. Esto les permitía corregir un signo que se hubiera esculpido de forma errónea. Los obreros

(*Continúa*)

usaban colores francos y no los mezclaban; por ejemplo, para los matices usaban azul sobre azul.

Los artistas utilizaban pigmentos de origen mineral reducidos a un polvo más o menos fino, que ligaban mediante una resina vegetal, seguramente de acacia. Al parecer, los colores se aplicaban uno tras otro sobre la misma pared, pero nunca a la vez. En ocasiones, añadían una fina capa de barniz vegetal sobre la capa pigmentaria.

El lejano país de Punt

Para los egipcios, Punt era ante todo la tierra de las especias, un lugar que desprendía el aroma de los dioses, cuya carne era de oro puro. Punt se encontraba en una región muy remota llamada Ta Netjer, la Tierra de los Dioses, situada al sudeste de Egipto.

A partir del reinado de Sahura, los egipcios empezaron a importar olíbano (incienso) y electro (aleación de oro y plata) de Punt. Para disfrutar de este país y sus maravillas era necesario recorrer las vías marítimas del mar Rojo. Las expediciones seguían las pistas que partían de Coptos para alcanzar sus costas, tras cruzar las desoladas extensiones del desierto oriental.

Durante el Imperio Medio, el jefe del nomo de la Liebre, Jnumhotep, cuya tumba descansa en Beni Hassan, viajó tanto a Biblos como a Punt. Con Amenemhat III, las expediciones empezaron a pasar también por Uadi Hammamat (Nubia), para aprovechar el viaje. Los equipos expedicionarios, formados por tropas provistas de agua, pan y sandalias en abundancia, excavaban pozos en el camino pa-

(Continúa)

ra facilitar las expediciones futuras. Contaban con al menos 3000 hombres que se encargaban de recoger piedra bejen (esquisto verde) en Egipto. También llevaban la madera y los carpinteros necesarios para construir navíos. Las instalaciones portuarias seguramente se encontraban en Mersa Gawasis, al norte del Quseir. Sin duda, el término usado, «el gran océano de aguas envolventes», hacía referencia al mar Rojo.

Es evidente que los egipcios viajaron a este lugar con tanta frecuencia como a las minas del Sinaí o a Uadi Hammamat. Como conocían bien el país de Punt, pudieron variar a voluntad los puntos de fondeo, que, sin duda, se fueron desplazando con el paso del tiempo, debido a la deforestación de Nubia y la explotación intensiva de los olíbanos.

Más adelante, empezaron a desplazarse a lugares más remotos para encontrar una zona que no se hubiera explotado todavía. La presencia del santuario de Hathor sugiere que el contacto debió de ser más estable en esta área. Punt en sí debía de ser un lugar bastante pequeño: un punto concreto en la costa, pero con una zona interior muy importante.

Tutmosis III recibió mirra de Punt. La decoración de una tumba tebana construida durante el reinado de este faraón muestra a los habitantes de Punt desembarcando en la costa del mar Rojo, tras haber navegado por sus aguas en balsas improvisadas cargadas de olíbano, árboles trasplantados y animales vivos. El trueque se realizaba en la costa y la expedición egipcia cruzaba el desierto con una cohorte de asnos.

Los relieves del templo del Millón de Años de Deir el-Bahari, descubiertos por Mariette en el año 1858,

(*Continúa*)

relatan la expedición a Punt que organizó la reina Hatshepsut cuando, a través de un oráculo, el dios Amón le pidió que fuera en busca de árboles de incienso, así como de las resinas y especias necesarias para celebrar los ritos divinos. El incienso transportado en caravana por el desierto de Sudán era demasiado caro, estaba envejecido y era de mala calidad. Por lo tanto, era necesario llevar a Egipto grandes cantidades de resina sagrada y, sobre todo, árboles de incienso, para poder replantarlos.

La expedición contó con cinco navíos de 20 m de eslora, provistos de una cabina de plataforma a babor y a estribor. La proa y la popa estaban elevadas y las grandes vergas del mástil se extendían por el conjunto del casco. Estas embarcaciones carecían de puente y contaban con un único mástil de 8 m del que pendía una vela rectangular. Se gobernaban con un timón formado por dos grandes remos que se accionaban desde la popa con la ayuda de una pieza de madera curvada. Resulta sorprendente que unos barcos semejantes fueran capaces de resistir las traicioneras aguas del mar Rojo.

Cada navío tenía una tripulación de 210 hombres, 30 de los cuales eran remeros. Aunque iban equipados con hachas, lanzas y escudos, llevaron a cabo una expedición pacífica. Las embarcaciones transportaban estatuas de granito que representaban a Amón, regente de Punt, y a su hija Hatshepsut, para erigirlas en la costa de Punt.

El viaje se realizó en cabotaje, a lo largo de la costa del mar Rojo. Después de atracar, el enviado de la reina, acompañado por su pequeño grupo, organizó un campamento para recibir a los representantes del país de Punt con dignidad. Los hombres

(Continúa)

El mundo y la vida desconocida de los faraones

de Punt se presentaron con regalos de bienvenida, como olíbano, pepitas de oro, sacos y vasijas. Los egipcios, por su parte, les ofrecieron collares de oro, perlas de cerámica y brazaletes, así como un hacha y una daga provista de funda.

Los relieves muestran cómo se recogía la resina y cómo se preparaban los árboles de incienso, que primero se desenraizaban y después se trasplantaban en grandes cestas redondas. Estas se cargaban en una péndola de madera que era transportada por seis hombres, dos de los cuales la mantenían en equilibrio mediante cuerdas.

Entre los productos transportados por la expedición se incluían mirra, incienso, ébano y algunos minerales, como el oro djam (electro, aleación natural de oro y plata) y el oro ouadj (oro verde, aleación similar al electro, con un gran porcentaje de cobre negro), así como khol negro o verde, que los egipcios utilizaban para proteger sus ojos de los insectos y para maquillarse.

El tributo de Punt también constaba de ganado africano de larga cornamenta, huevos y plumas de avestruz, perros semejantes a galgos, monos babuinos, panteras y leopardos, así como las pieles de estos últimos, con las que se cubrían ciertos sacerdotes.

Los relieves de Deir el-Bahari que narran esta expedición muestran palmeras de dátiles y cocoteros, lo que parece indicar que Punt se encontraba en una latitud próxima al ecuador. Sin embargo, la lluvia no parecía ser frecuente. La fauna era africana (ganado de gran cornamenta, jirafas, rinocerontes, monos y panteras) y la fauna acuática era tropical o subtropical. Por lo tanto, Punt podría haber estado situado

(Continúa)

(Continuación)

en el océano Índico o, más probablemente, en algu-
no de los golfos del mar Rojo, tal y como sugiere la
presencia de langostas, bogavantes, peces espada,
rayas, sepias, tortugas trioniz y peces gato.

Según los relieves de Deir el-Bahari, los habitantes
del país de Punt presentaban rasgos faciales variados. Los señores de Punt eran similares a los egipcios, hecho que pudo facilitar los primeros contactos.
De piel relativamente clara y cuerpos finos y esbeltos,
tenían barbas bastante largas y diademas que suje-
taban sus cabellos. Los indígenas llevaban medallo-
nes ovales a modo de collar, un puñal a la cintura y
numerosos aros en el tobillo. Vivían en chozas redondas de tejado cónico construidas sobre pilotes de
madera, a las que accedían mediante escalas.

Algunos científicos sitúan el país de Punt en el actual Sudán, pues consideran que los navíos podrían
haber remontado el Nilo rodeando las cataratas
por los canales de derivación y después haber navegado por el Atbara, un afluente del Nilo Azul. A
su regreso, tendrían que haber desplegado las velas
para descender por el Nilo. Otros científicos sugieren que Punt estaba en las costas de Sudáfrica. Por
su parte, los lingüistas hacen hincapié en el término
pouani, que significa «orilla» y se utiliza en las costas somalíes y el interior de Etiopía. Así que es posible que Punt se situara en el cuerno oriental de África y hubiera sido un simple lugar de trueque
de mercancías, en su mayor parte africanas, pero
también importadas de Arabia.

Las últimas investigaciones sugieren que Punt descansaba en las costas de Eritrea y no en las de So-
malia, pues los aros que llevaban en los tobillos los
señores de Punt eran típicos de las tribus sudanesas.

(Continúa)

Por lo tanto, Punt debía de encontrarse en algún punto situado entre el este de Sudán, el noroeste de Etiopía y la costa del mar Rojo.

En cuanto a Amu, la región que proporcionaba electro a los egipcios, seguramente se situaba en las proximidades de la tercera catarata.

Los obeliscos

Los obeliscos, síntesis de las pirámides, son monumentos originarios de Egipto, que fueron copiados por los cananeos y por Asurbanipal; de hecho, tras saquear Tebas, este asirio se llevó consigo dos obeliscos revestidos de bronce.

Debido a su carácter monolítico y su forma sencilla, los obeliscos pudieron transportarse con relativa facilidad ya desde tiempos antiguos.

En la época romana adornaron el centro de circos y mausoleos, donde se alzaban justo sobre las tumbas. Conservando su simbolismo solar, uno de ellos se convirtió en el gnomon, la aguja de un cuadrante solar erigido por Augusto en el centro de Roma. Augusto encargó sus obeliscos a las canteras egipcias. Por su parte, Domiciano y Adriano ordenaron construir obeliscos con textos jeroglíficos inscritos en su honor. La función principal del obelisco, adornar los santuarios del Antiguo Egipto, encontró una continuación directa en Roma, en los templos de Isis, y contribuyó a hacerlos más «egipcios».

Cuando Roma se convirtió en el centro del mundo cristiano, estos colosales monumentos pasaron a formar parte de los grandes proyectos urbanísticos del Renacimiento y la época barroca.

(Continúa)

Los fastos y las guerras del Nuevo Imperio

(Continuación)

En el siglo XIX, tras la campaña de Egipto, se enviaron barcos para transportar estas agujas de piedra desde Egipto, tal y como se había hecho en los días más fastuosos del Imperio romano. Estos obeliscos aportarían al urbanismo racional de las metrópolis un poco de sabiduría de la antigüedad. Sin embargo, su transporte resultó tan complicado que pronto se empezaron a realizar reproducciones que superaban en dimensiones al monumento original.

El obelisco, *tekhen* en egipcio, puede describirse como un pilar de piedra que se erige hacia el cielo como signo universal de la presencia de Dios. Los obeliscos empezaron a ocupar el centro de los templos solares ya en la dinastía V. Por lo general, se alzaban en pareja, flanqueando ambos lados de la puerta principal del edificio. Para realzar su carácter solar, la base solía adornarse con babuinos cinocéfalos, pues estos simios recibían la salida del sol con gritos estridentes.

Estas agujas monolíticas, de entre 2 y 40 m de altura, solían tallarse en rocas duras y densas de granito o cuarcita. Para separarlas del lecho de la cantera, se excavaba de un lado a otro la roca con enormes martillos de piedra aún más dura, como dolerita o basalto. Los experimentos modernos demuestran que una hora de trabajo con este tipo de herramientas permite retirar 5 mm de piedra en una superficie de 50 cm^2...

Los egipcios esperaban a que subiera el nivel del agua para transportar los obeliscos en pontones. Después, los llevaban a pie de obra sobre enormes rampas de adobe y los colocaban en su posición balanceando un arcón lleno de arena que vaciaban lentamente por la base. Este trabajo era tan delica-

(Continúa)

do como colosal, ¡pues algunas de estas agujas de piedra pesaban 1200 toneladas!

El extremo superior de muchos obeliscos estaba cubierto de láminas de oro. Estas puntas doradas reforzaban la connotación solar y luminosa de los obeliscos que se alzaban ante los templos egipcios. Estos piramidiones dorados, símbolos de la ruta solar, reflejaban los rayos del sol a gran distancia para señalar la presencia del dios, fuente de vida.

Ninguno de estos revestimientos dorados ha perdurado. Es posible que fueran arrancados y fundidos a partir de la época tardía, para sufragar el déficit del tesoro real.

Cuando los egipcios no podían aplicar un revestimiento dorado al piramidión, le conferían un color distinto al del resto de la aguja. Por ejemplo, la piedra del pilar dorsal de una estatua monolítica de Ramsés II, erigida delante del templo de Luxor, se eligió de forma que la corona real y el piramidión del pilar/obelisco fueran rosados, y el resto de la estatua, de granito negro como el ébano. De esta forma pudieron respetar la dicotomía entre la parte superior y la base de la aguja de piedra.

Las imágenes de los pequeños obeliscos rituales de ciertas tumbas privadas también presentaban piramidiones de un color distinto al resto de la estatua.

La epopeya del obelisco de la plaza de la Concordia

El obelisco que se alza en el centro de la plaza de la Concordia, en París, fue un obsequio que hizo el virrey Muhammad Ali a Francia en el año 1831. Es-

(Continúa)

te sultán, gran destructor de los templos faraónicos, quiso honrar a Francia y a su rey Luis Felipe ofreciéndole los dos obeliscos que se alzaban ante el templo de Luxor. En 1831 se organizó una expedición para transportar el obelisco. Para llevar a Francia esta aguja de granito que pesaba más de 230 toneladas fue necesario construir una embarcación larga y sólida, pues tenía que ser capaz de navegar por alta mar y por el Nilo, resistir las violentas tormentas mediterráneas y pasar entre los arcos de los puentes del Sena.

El *Luxor*, que se construyó en el arsenal de Toulon, estuvo listo para zarpar en el año 1830 con una tripulación de 136 hombres. Sin embargo, permaneció en puerto hasta el año siguiente, pues su capitán prefirió evitar las numerosas tormentas invernales del Mediterráneo.

El buque finalmente zarpó el 15 de abril y llegó a Alejandría el 5 de mayo. Una vez allí, el capitán decidió esperar a la crecida del Nilo. Unas semanas después, el largo navío empezó a remontar tranquilamente sus aguas. El 14 de agosto los marineros arribaron a Tebas, una ciudad miserable, salpicada aquí y allá de ruinas sepultadas bajo la arena.

Los miembros de la expedición tuvieron que abrir, entre las ruinas del templo de Luxor y la orilla del Nilo, un camino de sirga de 400 m para poder transportar el obelisco hasta el puente de la embarcación. Para ello destruyeron casas y retiraron toneladas de arena.

Tras esta primera fase llegó el momento de transportar el obelisco, que, a pesar de su enorme tamaño, resultó ser extremadamente frágil, sobre todo porque sus jeroglíficos se deterioraban con la fric-

(Continúa)

El mundo y la vida desconocida de los faraones

ción de las cuerdas. Tras envolver la aguja de piedra con planchas de madera, usaron cabrestantes y numerosas cuerdas para eliminar la verticalidad del obelisco y dejarlo en posición horizontal. El 1 de noviembre de 1831, el obelisco estuvo listo para ser transportado por el camino de sirga hasta el *Luxor*, sobre unos rieles de madera. La lenta marcha hasta el buque duró un mes y medio. Para facilitar la carga, los marineros retiraron una sección de la zona de proa, que devolvieron a su posición en cuanto el obelisco estuvo instalado en el barco. Antes de poder zarpar de nuevo, tuvieron que esperar a la crecida del Nilo.

La base del obelisco, formada por bloques de piedra adornados con monos babuinos, no se llegó a instalar en París porque estos animales presentaban unos atributos sexuales tan generosos que habrían hecho sonrojar a los mojigatos parisinos. La nueva base, más francesa y púdica, se construyó en la ciudad de Brest.

Los franceses se instalaron en Tebas en espera de la temporada de inundaciones. Sobre las ruinas del templo faraónico construyeron una caserna, un molino y un hospital. Distintos miembros de la expedición, entre ellos el capitán, aprovecharon la estación seca para explorar los alrededores de Tebas y hacer esbozos de los monumentos egipcios, completando así las descripciones de la expedición de Bonaparte, dirigida por Vivant Denon. Joannis, el capitán, llevó su investigación hasta Nubia inferior, donde visitó y analizó los emplazamientos de Esna, Asuán, la isla de Elefantina, File y el templo de Abu Simbel.

El 25 de agosto de 1832, el *Luxor* abandonó Tebas. El descenso del Nilo fue peligroso y el navío tu-

(Continúa)

vo que afrontar numerosas corrientes. La falta de agua lo obligó a detenerse en Rosetta y la expedición tuvo que esperar al 1 de enero de 1833 antes de poder zarpar rumbo a Alejandría para alcanzar el Mediterráneo.

La travesía fue delicada. Aunque la embarcación era sólida, no estaba preparada para las tormentas ni la marejada del Mediterráneo, de modo que tuvo que ser remolcada por un barco a vapor llamado *Sphinx*. El *Luxor* por fin llegó a Toulon y después a Cherburgo. Entonces, remontó el Sena hasta llegar al muelle de la Concordia en agosto de 1834. Dos años después, el obelisco pasó a ocupar el lugar en el que antaño se había alzado la estatua de Luis XV.

La expedición duró seis años y costó una verdadera fortuna. Tras el reinado de Luis Felipe, ningún otro gobierno quiso ir en busca del obelisco gemelo, que todavía hoy permanece en su posición inicial, delante del templo de Luxor. Durante la presidencia de Giscard d'Estaing, la República francesa devolvió oficialmente a Egipto dicho obelisco.

LAS RECONQUISTAS DE LA DINASTÍA XIX

El declive no duró demasiado, pues hacia el año 1300 surgió una nueva dinastía, la XIX, fundada por Ramsés I.

• Ramsés I apenas reinó un año, pero tuvo tiempo suficiente para sentar las bases de la gran sala hipóstila de Karnak, una construcción gigantesca que demostró que Egipto había renovado sus fuerzas.

• Su hijo Seti I, el Conquistador del Líbano, demostró ser un gran guerrero durante sus 16 años de reinado. Sus proezas se describieron en los bajorrelieves de la gran sala hipóstila de Karnak, cuya construcción ordenó proseguir y fue completada por su hijo Ramsés II. De pie sobre su carro de guerra, Seti I dirigió a sus ejércitos hasta los bosques del Líbano, levantando fortalezas a su paso. Cuando regresó victorioso a Tebas, sacrificó a sus prisioneros beduinos ante el dios Amón.

Después envió tropas a Libia, antes de dirigirse al río Orontes para asediar Kadesh y enfrentarse a los hititas, jefes de la gran coalición contraria a Egipto. Fue entonces cuando surgieron los Pueblos del Mar, también enemigos del imperio egipcio. Estos piratas procedentes del Mediterráneo saquearon periódicamente las costas de Fenicia y contaron con la ayuda de libaneses y beduinos para arrasar el delta.

• Ramsés II, el Guerrero Constructor, fue nombrado jefe de armas de su padre Seti I a una edad temprana. Su reinado fue tan largo (77 años) como glorioso. Ordenó construir muchos monumentos, pero también dejó su marca en obras anteriores, sobre todo al final de su reinado. Su objetivo no era recuperar ni usurpar estas construcciones, sino darles una nueva vida para honrar a la divinidad y a los ancestros reales. Al inicio de su reinado reactivó la explotación de las minas de oro y las canteras. También fundó una nueva capital en el delta llamada Pi-Ramsés, de donde era oriunda su familia. Esta capital estaba más cerca del teatro asiático en que el imperio egipcio se jugaba en aquel entonces el futuro. La ciudad fue construida por esclavos hebreos.

Este soberano solar se divinizó a sí mismo en cinco templos rupestres nubios, en los que ordenó instalar su figura al fondo del naos, junto a Ptah, Amón, Ra Horajti y las divinidades nubias. Unos colosos lo representaban ante la fe popular. En la región tebana ordenó erigir su templo del Millón de Años, el Ramesseum. También concluyó en Karnak la gran sala hipóstila, provista de 134 columnas, y ordenó construir el templo del Este. En Abidos, Menfis y Heliópolis erigió una serie de templos que no perduraron.

En el interior, el país vivió un periodo de prosperidad y paz social. En la frontera meridional reinaba la calma, pues el país de Kush estaba gobernado por una administración y unos virreyes eficientes. Los beduinos shasu y los libios se mantenían a distancia gracias a una estrecha red de fortalezas. Y los piratas shirdana (sin duda, procedentes de Cerdeña) fueron repelidos por la poderosa flota egipcia establecida en Menfis antes incluso de que pudieran desembarcar.

El acontecimiento más importante tuvo lugar en el frente asiático, en Kadesh. En esta llanura, el ejército egipcio se enfrentó a las tropas hititas, que reinaban sobre Asia Menor y buena parte de la actual Siria, y se habían aliado con los pueblos dominados en contra de Egipto. Es probable que la batalla no concluyera con una victoria tan gloriosa como la que Ramsés II intentó hacer creer a su pueblo, pero es cierto que el faraón logró alejar la amenaza hitita.

Sin embargo, cuando ambas partes se vieron amenazadas por la nueva potencia asiria, no les quedó más remedio que establecer un tratado. A partir de ese momento, Ramsés II pudo intervenir directamente en los asuntos hititas para arbitrar las disputas. Además, para consolidar su relación con este imperio, contrajo matrimonio con dos princesas hititas.

Parece ser que las numerosas concubinas del harén real dieron más de un centenar de herederos a Ramsés II, que vivió más de 90 años y vio morir a muchos de sus vástagos. Sin embargo, en la mayoría de los monumentos era la gran esposa real Nefertari quien aparecía a su lado. En verdad, parece que su reinado fue menos glorioso de lo que afirmó Heródoto. Ramsés II ordenó guerras defensivas para mantener las ganancias de sus predecesores, pero no logró incrementarlas. Sin embargo, los poetas ensalzaron las esplendorosas acciones del Rey Sol de Egipto, que en la batalla de Kadesh destruyó con sus propias manos los 2500 carros enemigos que lo rodeaban, gracias a la protección de su ancestro divino, el todopoderoso dios Amón.

Ya en aquel entonces empezaron a entreverse las causas que poco después conducirían a la decadencia de Egipto. Por una parte, el pueblo estaba obligado a financiar las guerras y las obras colosales; por otra, la alegría de las victorias empezó a dar paso a un profundo desaliento, que estuvo seguido de rebeliones abiertas a las que se unieron los esclavos, soldados de las tribus vencidas.

Los descendientes de Israel, que habían sido especialmente maltratados, describieron en sus libros santos sus miserias, así como las maldiciones que cargaron sobre la memoria del gran rey.

• Merenptah, el Vencedor de los Pueblos del Mar, fue el decimotercer hijo de Ramsés II y se convirtió en su sucesor a una edad ya madura. Del mismo modo que el largo reinado de Pepy II había conducido a la caída de la dinastía VI, los 60 años de gobierno de Ramsés II pesaron sobre los reinados de sus sucesores, que con frecuencia se vieron obligados a abdicar, hasta que Egipto se sumió en una nueva guerra civil.

Con Merenptah comenzó la debacle. La temible invasión de los Pueblos del Mar estuvo a punto de alcanzar el corazón del delta, pero el enemigo fue repelido tras una violenta batalla en la que los arqueros dispararon sus flechas durante más de seis horas y fue necesario recurrir a las espadas. Los soldados egipcios mataron a más de 6000 enemigos e hicieron más de 9000 prisioneros, entre hombres y mujeres.

Merenptah murió tras esta victoria, después de 10 años de reinado. Entonces, la discordia y el desorden se adueñaron de todo. Los altos funcionarios se hicieron independientes y algunos intentaron autoproclamarse reyes. En cuanto el poder central se debilitó, los nomos intentaron formar pequeños Estados independientes. Se alzaron numerosas dinastías colaterales y la disgregación fue general e inmediata. De hecho, la tradición sitúa el éxodo de los hebreos dirigidos por Moisés en el reinado de Merenptah. La anarquía fue tal que cualquier grupo de esclavos pudo haber abandonado la tierra que estaban obligados a servir sin miedo a represalias.

LOS ÚLTIMOS FULGORES DE LA DINASTÍA XX

Tras una época de enfrentamientos, surgió la dinastía XX, que concedió a Egipto su último gran faraón.

• Sethnajt, un protegido de los sacerdotes, fundó la última dinastía imperial tebana hacia el año 1200, una vez restablecido el orden. Aunque su reinado fue corto, pudo nombrar sucesor a su hijo Ramsés III.

• Ramsés III, el Vencedor de los Filisteos, reinó durante 32 años y dejó numerosos monumentos. Durante su reinado se escribió el mayor papiro que ha perdurado hasta nuestros tiempos: un inventario de 45 m de longitud con las donaciones realizadas a los templos.

Ramsés III reorganizó su ejército y reclutó mercenarios entre los libios, los semitas y los asiáticos que se habían instalado en el delta, pues la amenaza extranjera había cobrado fuerza una vez más. Por turnos, los libios, los pueblos del Norte y los Pueblos del Mar —entre ellos los filisteos de la Biblia— se fueron abriendo paso hasta el delta. Ramsés III los derrotó y dejó más de 12 000 muertos en el campo de batalla.

Pero el enemigo no se desarmó. En Siria, Ramsés III destruyó un convoy de carros filisteos que se instalaron en la costa de Canaán (que más adelante recibiría el nombre de Palestina) y, tras una batalla naval, repelió a los Pueblos del Mar en la desembocadura del Nilo. Egipto logró salvarse y su epopeya quedó grabada en las paredes del templo de Medinet Habu. Aprovechando la caída del imperio hitita, que fue barrido por la misma invasión que no logró acabar con Egipto, Ramsés III ocupó Galilea para proteger sus fronteras.

Ramsés III también desarrolló la industria y el comercio, pero este fue el último destello de una civilización agonizante. Las poblaciones jóvenes y dinámicas anexionadas fueron penetrándola lentamente; las influencias semíticas, libias, etíopes y griegas la fueron invadiendo. Estas influencias se hicieron sentir en todas partes, incluso en la lengua. Sin embargo, la decadencia se desarrolló de una forma totalmente pacífica.

En el medio siglo que transcurrió entre el reinado de Ramsés IV y Ramsés XI, la dinastía XX se apagó. El imperio quedó dividido en dos. Los sacerdotes de Amón tomaron el poder en Tebas y los mercenarios de diversas tribus dictaron su ley en el delta. Los protectorados de Asia recuperaron su independencia.

Este imperio hijo del Nilo, que ya contaba con 2000 años de historia, nunca lograría recuperar su esplendor.

El Egipto dividido
de la Baja Época

LOS REYES SEPARADOS DE LA DINASTÍA XXI

Herihor, un sumo sacerdote de Amón, fue proclamado rey en Tebas, en el Alto Egipto. Aunque breve, la carrera de este plebeyo fue extraordinaria. Durante el reinado de Ramsés XI acumuló los poderes de visir del Alto Egipto, virrey de Nubia, primer profeta de Amón y general en jefe.

Tenía en sus manos el poder de la administración, el aparato fiscal y judicial, el ejército, las explotaciones mineras y el poder del oráculo divino de Amón, que a finales del Nuevo Imperio entronó y destronó a los faraones.

Al parecer, Herihor fue principalmente un militar que se apoyó en las riquezas y en la influencia del clero de Amón que dirigía. Durante un tiempo fue un súbdito leal a Ramsés XI, el cual no ejercía su cargo real más que de manera nominal. Herihor tenía un homólogo en el delta con el que colaboraba a nivel religioso y comercial. Este colaborador era Esmendes, el fundador de la dinastía XXI.

A base de ir acumulando poder, Herihor acabó proclamándose sacerdote faraón. Tomó como modelos a Seti I y Ramsés II. Preservó las momias de ambos faraones y restauró una obra monumental de suma importancia, la gran sala hipóstila de Karnak. Sin embargo, sus acciones se limitaron al territorio tebano. En el resto del país, los documentos administrativos de la época llevan la firma de Ramsés XI.

Herihor ofreció independencia política y económica al Alto Egipto e instauró una dinastía de reyes sacerdotes que perduró tres siglos. Sin embargo, este linaje de grandes sacerdotes de Amón no logró perdurar, y Herihor se retiró a Etiopía, donde fundó un reino anexionado a Egipto cuya capital era Napata.

Por su parte, los soberanos tanitas intentaron consolidar su poder en el Bajo Egipto, donde se establecieron en una serie de ciudades como Tanis, Bubastis y Sais. Sin embargo, apenas existe información sobre ellos.

LAS DINASTÍAS XXII-XXV: EL GRAN CAOS

Hacia el año 950 a. C. surgió una nueva dinastía conocida como la de Bubastis. La dinastía XXII fue fundada por Sheshonq I, usurpador libio y jefe de mercenarios, y contó con nueve faraones. Sheshonq I instauró un feudalismo militar en las zonas que quedaron bajo su influencia e intensificó el culto de las divinidades libias y sirias en el delta. Tras el cisma de las tribus de Israel, Sheshonq —a quien la Biblia llamó Sesac— realizó una expedición a Palestina y regresó de Jerusalén con los tesoros de Salomón. Este botín le permitió construir templos y reunir una corte inmensa ante la gran sala hipóstila.

Tras su reinado, ningún otro rey de Egipto reivindicó la antigua supremacía sobre las provincias bañadas por el Jordán y el Orontes, de modo que el istmo de Suez se convirtió en la frontera del imperio.

El linaje de Sheshonq se prolongó dos siglos, pero después surgieron dinastías paralelas: la XXIII en Tanis, la XXIV en Sais y la XXV en Etiopía. La autoridad real nunca estuvo tan dividida en Egipto. Las dinastías que se sucedían en el delta no tenían nada de regio, salvo el nombre. Los jefes de los nomos ejercían un gran poder en sus respectivos gobiernos y algunos incluso lucían las insignias de la realeza.

Cuando surgían rivalidades se recurría a la ayuda de etíopes, libios y asirios, que solían recorrer el Nilo armados, a pesar de que antiguamente ningún impuro había podido acercarse a este río sagrado sin perder la vida en el intento.

La dinastía XXI, originaria de Sais y más enérgica que las anteriores, logró reunir momentáneamente al conjunto del Antiguo Egipto bajo su autoridad. Uno de sus reyes se apoderó de las fortalezas en las que se atrincheraban los pequeños jefes independientes, pero cuando alcanzó victorioso la primera catarata, se encontró ante un reino que había ido creciendo lentamente hasta convertirse en un rival serio. Se trataba del reino de Napata, fundado por los descendientes del sumo sacerdote Herihor.

Piye era entonces el señor de este reino y, con el apoyo de los señores feudales desposeídos, descendió el Nilo y entró en guerra con el rey de Sais. Tras diversas hazañas —una de las más importantes fue la toma de Menfis por parte del ejército etíope—, el rey de Sais fue derrotado hacia el año 750 a. C.

Piye se convirtió entonces en el rey de todo el valle del Nilo. La unidad egipcia se restableció, pero en beneficio de una dinastía etíope. Napata se impuso sobre Tebas y Menfis. Egipto se convirtió en una provincia de Sudán.

Pero este triunfo no fue definitivo. Tras la muerte de Piye, un rey del delta llamado Bakenrenef logró imponerse sobre los etíopes. Reinó durante siete años, hasta que fue atacado por Shabako, el nuevo rey de Napata. Tras la derrota, fue llevado a Sais, donde lo quemaron vivo. Entonces, Etiopía impuso una nueva dinastía en Egipto, la XXV. El nombre de uno de sus reyes, Taharqo, se cita entre aquellos que completaron el gran templo de Karnak.

Más adelante, los etíopes fueron expulsados y Etiopía se convirtió en un reino totalmente independiente de Egipto, al que igualaba en extensión. Formó una gran monarquía teocrática cuya primera capital fue Napata. Esta ciudad, ubicada cerca de la cuarta catarata, fue destruida en el año 25 a. C. por una expedición romana. Después, la capital fue trasladada a Meroe, una ciudad situada mucho más arriba del Nilo, entre Berber y Jartum. Esta es la razón por la que los romanos designaron Etiopía (actual Sudán) como el reino de Meroe. Este territorio fue independiente hasta las invasiones árabes.

Sargón, el rey de Asiria, acababa de conquistar el reino de Israel cuando el rey Shabako se convirtió en el único señor de Egipto. El rey asirio logró extender su

imperio prácticamente hasta el istmo de Suez. Shabako acudió en auxilio del rey de Gaza para detener a
Sargón, pero sufrió una terrible derrota y se vio obligado a escapar.

El rey asirio Asurbanipal arrasa Tebas

Su huida sólo se detuvo en Etiopía, pues los egipcios,
molestos por la derrota, se sublevaron a su paso. Entonces, los gobernadores recuperaron su independencia y los reyes se repartieron el valle del Nilo.

Al atacar Asiria, Shabako desató la cólera de esta temible potencia. Uno de los sucesores de Sargón avanzó hasta Pelusa, en la desembocadura oriental del Nilo. El rey que gobernaba el delta en aquel entonces vio
cómo se sublevaba en su contra la casta de guerreros a
los que había molestado y tuvo que luchar contra los
asirios con una tropa de pueblerinos. Sobrevivió gracias a un acontecimiento que sólo puede describirse
como milagroso: un ejército de ratas se precipitó en
el campo asirio y royó las cuerdas de los arcos y todos
los objetos de cuero, de modo que el ejército asirio
quedó desarmado y se vio obligado a retirarse.

Ya sólo era cuestión de tiempo que un imperio asiático conquistara Egipto, pues las divisiones que azotaban el valle del Nilo convirtieron el país en una presa
fácil para los extranjeros. Sin embargo, el príncipe etíope Taharqo logró reunirlo una vez más bajo un cetro
único y luchó enérgicamente contra los invasores.

Pero su ambición y su coraje resultaron inútiles. Los
asirios, en especial Asurbanipal, remontaron el Nilo,

victoriosos. La ciudad de Tebas, tomada y saqueada en dos ocasiones, vio por primera vez cómo los invasores bárbaros mancillaban el suelo sagrado e insultaban a sus dioses. Lejos habían quedado los tiempos en que los faraones regresaban de Nínive con esclavos encadenados que avanzaban tras carros repletos de riquezas. Sin embargo, la supremacía asiria no logró reafirmarse en Egipto.

Las dinastías saíta (XXVI) y persa (XXX)

Años después de la conquista de Asurbanipal, una veintena de reyes indígenas se repartían el valle del Nilo.

En el delta, un descendiente de los reyes de Sais se impuso sobre los demás, los derrotó y extendió su autoridad por todo Egipto, reinstaurando la unidad monárquica y fundando la dinastía XXVI. Psamético I emprendió algunas guerras victoriosas con la ayuda de los griegos. También ordenó reparar varios monumentos, que llevaban años deteriorándose. Durante su reinado, las artes florecieron en el valle del Nilo.

Necao, hijo de Psamético I, poseía el genio de los grandes faraones egipcios, pero carecía de su fuerza, porque el país cada vez estaba más sometido a la influencia extranjera. A pesar de todo, formó una marina militar, restableció la supremacía egipcia en Siria mediante la victoria de Megido y avanzó triunfante hasta las orillas del Éufrates. También ordenó construir un canal que uniría el mar Rojo y el Mediterráneo, continuando así con un proyecto elaborado por Seti I. Esta obra fue tan descomunal que, según se dice, Necao se vio

El Egipto dividido de la Baja Época

obligado a interrumpirla después de que 120 000 obreros perdieran la vida. Sin embargo, sí que completó con éxito otra empresa igualmente extraordinaria: la primera expedición marina que circunnavegó el continente africano. Los marineros, que zarparon desde el mar Rojo, regresaron por las columnas de Hércules, en Gibraltar.

Su brillante reinado no tuvo un final feliz. Derrotado en Karkemish por Nabucodonosor hacia el año 600 a. C., Necao se vio obligado a abandonar sus conquistas de Siria y, como dice la Biblia, «el rey de Egipto no salió más de su tierra, porque el rey de Babilonia había tomado todo lo que le pertenecía (en Asiria), desde el torrente de Egipto hasta el río Éufrates».

Egipto vivió un último periodo de prosperidad de la mano de Amasis, un plebeyo que subió al trono tras una revuelta. Amasis concedió al valle del Nilo sus últimos días de grandeza y gloria política.

Según Heródoto, que repitió aquello que le contaron los sacerdotes cuando visitó el país medio siglo más tarde (hacia el año 520 a. C.), Egipto nunca vivió un periodo más próspero y floreciente que durante el reinado de Amasis.

El historiador griego alabó a este gran monarca por el buen recibimiento que dispensó Egipto al pueblo heleno durante su reinado. Los egipcios siempre habían considerado impuros a estos extranjeros (y también los envidiaban, debido a su éxito comercial). Sin embargo, en el año 614 a. C. y bajo la protección de Amasis, los griegos fundaron la ciudad de Naucratis, que constituyó una pequeña república helénica independiente junto al sagrado Nilo.

Durante este periodo volvieron a erigirse colosales monumentos, sello de identidad de los grandes reinados egipcios. En Menfis, Amasis ordenó construir un templo en honor a la diosa Isis, mientras que en Sais adornó el templo de Neit con magníficos propileos y grandes frescos procedentes de las canteras del Alto Egipto. Este templo, al que se accedía por una doble hilera de enormes esfinges, contaba con varios obeliscos y una capilla monolítica de granito rosa. Estas fueron las últimas obras maestras construidas por faraones de origen egipcio.

Los ejércitos persas de Cambises, el hijo de Ciro, llegaron a Egipto a través de Asia. Cambises deseaba completar el ciclo de conquistas de su padre, pero también vengarse de Amasis, pues este lo había ofendido (el hijo de Ciro había pedido al faraón que le entregara a una de sus hijas en matrimonio, con el objetivo de convertirse en su eventual heredero, pero el astuto faraón le había enviado a la hija del rey que él mismo había destronado).

El último gran soberano de Egipto no llegó a ver su ruina, pues murió cuando los persas llegaron a Pelusa. Su hijo, Psamético III, intentó en vano resistir.

Una única batalla bastó para invertir las tornas y someter el valle del Nilo en el año 525 a. C. En un principio, Cambises permitió que Psamético III gobernara en su nombre, pero al descubrir que el príncipe conspiraba en su contra, le dio muerte y lo reemplazó por un rey persa.

Entonces comenzó la dinastía XXVII. Con ella, la antigua tierra de los faraones pasó a ser una simple satrapía en el seno del imperio persa. Egipto nunca logró recuperar su libertad, aunque esta siempre había sido relativa, pues todos sus gobiernos, tanto los religiosos como los militares, los indígenas y los extranjeros, habían ejercido el poder de forma despótica.

La dinastía XXVII, desde Cambises hasta Darío II, duró aproximadamente un siglo y la mayoría de sus reyes fueron persas. Uno de ellos, Darío I, ordenó construir un canal entre el Nilo y el mar Rojo. Siglos más tarde, Ferdinand de Lesseps restauró las diversas estelas que marcaron su trazado.

Las dinastías XXVIII y XXIX volvieron a ser nacionales, pues, tras diversas revueltas, los persas concedieron una independencia relativa a la satrapía de Egipto.

La dinastía XXX fue testigo de una nueva ofensiva por parte de los reyes persas, que anexionaron Egipto al mundo helénico tras una nueva revuelta. Sin embargo, esta ocupación apenas duró una década. En el año 332 a. C., los egipcios acogieron como liberadores a los soldados de Alejandría.

El Egipto de los emperadores y los reyes de allende

El Egipto ptolemaico y romano

Algunos historiadores cierran la historia del Antiguo Egipto con la conquista persa porque consideran que, a partir de ese momento, la civilización egipcia propiamente dicha llegó a su fin. Sin embargo, durante el milenio que siguió a la conquista de Cambises, esta civilización demostró su vitalidad absorbiendo a conquistadores tan avanzados como los persas, los griegos y los romanos, que, a medida que pisaron el suelo egipcio, fueron adoptando las costumbres, las artes y las divinidades de los vencidos.

En esta época se construyeron varios monumentos que todavía siguen en pie. La mayoría de las obras arquitectónicas que actualmente admiran los turistas a orillas del Nilo pertenecen a este periodo, con las únicas excepciones de Tebas, las pirámides y los hipogeos reales.

Tras la conquista persa del año 525 a. C. llegó Alejandro Magno, que sometió el valle del Nilo en el año 333 a. C. Dos años después fundó Alejandría. Tras su muerte y el posterior reparto del imperio, Egipto quedó en manos de uno de sus generales, Ptolomeo, que subió al trono como Ptolomeo I Sóter *(el Salvador)* y fundó la dinastía griega ptolemaica, que se prolongó tres siglos. Para ganarse el apoyo de los sacerdotes y ser aceptado por la población, Ptolomeo multiplicó las donaciones a los templos.

La obra monumental persa fue prácticamente nula. En cambio, la dinastía fundada por Ptolomeo cubrió el país de nuevas construcciones, como los templos de Kom Ombo, Esna, Dendera, Edfu y File, en Egipto, o los de Dakka, Debod y Dendur, en Nubia.

La civilización egipcia floreció bajo la dominación ptolemaica y Alejandría, que ya era un importante puerto comercial, se convirtió en el primer centro cultural del Mediterráneo.

Los ptolemaicos se impusieron sobre los reyes de Siria y Asia Menor. Hacia el año 250 a. C., Ptolomeo III extendió su dominación sobre Cirenaica, Chipre y Jonia, y se autoproclamó señor del Mediterráneo y del Mar de las Indias. Sin embargo, este periodo expansionista no duró demasiado, pues, bajo la presión de Roma, el reino ptolemaico quedó limitado al valle del Nilo.

Entonces estallaron las revueltas indígenas y los matrimonios consanguíneos diluyeron la sangre ptolemaica. Por citar sólo un ejemplo, Ptolomeo VI se casó con su hermana Cleopatra II cuando esta enviudó de su hermano, y mató a su hijo —es decir, a su sobrino—, para poder asumir por completo el poder.

En el año 48 a. C., Julio César desembarcó en Alejandría tras derrotar a Pompeyo en la guerra civil. Seducido por Cleopatra VII, instaló a esta en el trono de Egipto reemplazando a su marido y hermano, que había muerto a manos de Pompeyo. Cuando César fue asesinado, Cleopatra y el general Marco Antonio intentaron fundar un Imperio de Oriente, pero fueron derrotados por Augusto, que deseaba reunificar el Imperio romano bajo su corona. En el año 31 a. C., Cleopatra se suicidó con la ayuda de un áspid y, tras su muerte, Egipto pasó a ser una provincia romana.

Egipto vivió durante 400 años bajo la dominación romana. Poco antes de que el imperio llegara a su fin, las influencias cristianas empezaron a socavar a la antigua civilización egipcia y acabaron destruyéndola.

Hasta el triunfo del cristianismo, la política de los soberanos extranjeros en Egipto —persas, griegos y romanos— había consistido en asimilar la religión, la lengua y las artes nativas. Todos ellos habían ordenado erigir nuevos templos y habían aparecido representados en ellos, presentando ofrendas a los dioses egipcios.

Por ejemplo, durante el periodo ptolemaico cambiaron los soberanos, pero no la civilización. Tan sólo la arquitectura presentó ligeros cambios, debidos a la influencia griega.

Los emperadores romanos continuaron con la tradición ptolemaica, pero se limitaron a restaurar templos antiguos, no a crear otros nuevos. En cambio, sí que erigieron varios monumentos. Augusto levantó la puerta monumental del gran templo de Dendera, Tiberio erigió un templo en File y Antonino construyó el muro del recinto y los propileos de Medinet-Habu. Las esculturas de una parte del templo de Dendera fueron ordenadas por Trajano y Antonino.

Los principales emperadores romanos ordenaron escribir sus nombres con caracteres jeroglíficos en los templos restaurados; los de Tiberio, Nerón, Vespasiano, Antonino Pio y Marco Aurelio fueron los más frecuentes. El emperador siempre se representaba vestido como un faraón y presentando ofrendas a los dioses egipcios.

Una inscripción grabada en la puerta monumental que ordenó construir Augusto en Dendera relataba que, para la conservación de César, hijo del dios liberador César, los habitantes de la metrópolis y el nomo de Tentiris habían erigido aquella puerta monumental en honor de la diosa suprema Isis y los dioses que se adoraban en dicho templo, en el año 31 del reinado de César, en el mes de Thoth.

Existen numerosas inscripciones análogas. Por ejemplo, en un monumento erigido por el emperador Claudio se afirmaba que era «el elegido por los dioses moderadores, señor de la región alta y baja del mundo, el hijo del sol, el señor de los jefes».

Nerón, por su parte, era considerado «el amigo de Ptah e Isis, el dominador benevolente de las regiones superiores e inferiores, el señor del mundo, el elegido por los dioses moderadores, el hijo del sol, el señor de los señores».

El hecho de que los soberanos griegos y romanos asimilaran a los dioses egipcios pone de relieve un rasgo característico de las primeras civilizaciones que no se dio en las siguientes: los dioses del mundo antiguo eran infinitos; cada pueblo y cada ciudad poseían los suyos, pero todo el mundo los respetaba y, con frecuencia, el vencedor los asimilaba.

ALEJANDRO MAGNO, FARAÓN Y DIOS

Tras reunificar el mundo griego bajo la batuta macedonia y a expensas de los persas, Alejandro Magno se convirtió en el gran liberador de Egipto en otoño del año 332 a. C. Al país le había costado soportar el yugo de los sátrapas persas. Persiguiendo fines políticos, Alejandro pasó por Menfis, la capital, sin detenerse y siguió adelante hasta el oasis de Siwa, en el desierto libio, donde se encontró con el célebre oráculo de Amón.

No sólo consiguió que se le reconociera como rey legítimo de Egipto, sino también como hijo del dios Amón, lo que le permitió acceder a la realeza universal. Poco después, Alejandro fue coronado rey en el templo de Ptah, en Menfis.

Fundó Alejandría, el puerto que abriría Egipto al Mediterráneo. Ya desde su fundación, esta ciudad se convirtió en la capital del poder griego. Debido a la reciente caída de Tiro, Alejandría también se impuso rápidamente como el gran puerto del Mediterráneo oriental. El país se dirigía desde esta ciudad sin que se percibieran grandes diferencias con la administración persa. Alejandro también estableció un cinturón de guarniciones dirigidas por gobernadores militares griegos que llegaba hasta la primera catarata. En la primavera del año 331 a. C., el rey partió hacia la conquista de Oriente y dejó su reino bajo la dirección de Cleómenes de Naucratis, un administrador griego encargado de recaudar impuestos, y del general Ptolomeo, hijo de Lagos.

Alejandro murió en Babilonia en 323 a. C., sin haber regresado nunca a Egipto. Su cadáver fue repatriado hasta Menfis y, posteriormente, fue inhu-

(Continúa)

mado en Alejandría por uno de sus generales, que subió al trono con el nombre de Ptolomeo I.

Alejandro Magno sólo permaneció seis meses en Egipto, de modo que su obra arquitectónica fue reducida. Sin embargo, esta fue un claro reflejo de sus deseos de asimilación. Este rey, al que los egipcios consideraban el hijo carnal del dios Amón, solía aparecer representado con los atributos de un faraón.

Además de restaurar los órganos centrales de los santuarios tebanos de Amón, Alejandro ordenó construir la sala de la barca en Karnak, obra que fue completada por Filipo Arrideo, su hermanastro y sucesor. También ordenó restaurar uno de los santuarios de Tutmosis III en Karnak, enrasando la decoración anterior. Esta recuperación le permitió autoproclamarse sucesor legítimo del gran rey de la dinastía XVIII.

LOS DIOSES DE EGIPTO, EXPULSADOS DE SUS TEMPLOS

Tanto el cristianismo como el islam introdujeron la intolerancia en Egipto. Las sociedades antiguas no conocieron las guerras religiosas que, en nombre de un Dios único, cubrieron de sangre la Edad Media, ni tampoco habrían podido comprenderlas. A su entender, los dioses antiguos podían luchar entre sí, pero sin que los hombres intervinieran en sus disputas. El mundo antiguo jamás emprendió ninguna cruzada para conquistar una ciudad ni para ayudar a un dios a perseguir a los infieles. ¡Cualquier dios tenía fuerza más que suficiente para expulsarlos por sí mismo!

El triunfo del monoteísmo destruyó casi cuatro milenios de civilización egipcia. Esta decadencia estuvo propiciada por dos o tres siglos de anarquía, así como por la invasión progresiva de la influencia cristiana. Los dioses, la lengua y las artes perduraron durante largo tiempo, pero desaparecieron con violencia cuando el emperador Teodosio, con el fin de facilitar la propagación de la religión cristiana, ordenó destruir todos los templos de Egipto en el año 389 de nuestra era.

Estos monumentos, que habían escapado a milenios de lucha e invasiones, desaparecieron en nombre de un nuevo dios, despiadado y envidioso. Sólo quedaron en pie aquellos que los propagadores de la nueva fe no pudieron derribar, pero entonces se ensañaron con las imágenes de los dioses antiguos que adornaban sus muros y desmantelaron los templos, que, de lugares sagrados, pasaron a ser zocos públicos.

Aunque los historiadores cristianos apenas hablaron sobre estos actos de vandalismo, se sabe con certeza que los nuevos bárbaros destruyeron de golpe cuatro milenios de civilización. Los dioses se prohibieron, los templos se destruyeron, las escuelas se cerraron, los sacerdotes y sabios se dispersaron y la lengua egipcia se olvidó hasta el punto de que, 14 siglos más tarde, ya nadie conocía el significado de los jeroglíficos. La dominación cristiana de los emperadores de Oriente duró 250 años, un periodo oscuro. En el año 535 de nuestra era Justiniano cerró el templo de File.

Los árabes entraron en Egipto en el año 639 d. C. Estos nuevos conquistadores fueron recibidos como li-

119

beradores, pues aportaron unas nuevas lengua, religión y artes a los descendientes de los faraones. A orillas del Nilo se erigió una nueva civilización con mezquitas y palacios, emires, sultanes y pachás, y las dinastías se fueron sucediendo: omeyas, abasidas, fatimíes, mamelucos, turcos... Tras repeler a los cruzados de San Luis (siglo XIII), Egipto acabó sometiéndose a Napoleón Bonaparte (1799-1801) y, después, a los ingleses (1914-1922).

Ferdinand de Lesseps completó la construcción del canal de Suez en el año 1869. El virrey Muhammad Ali (1804-1835), deseoso de crear un país moderno, destruyó gran parte del legado egipcio al usar las momias para alimentar los hornos de las fábricas y la piedra caliza de numerosos templos para construir nuevos edificios modernos.

El golpe de Estado del general Naguib abolió la monarquía en 1953. Un año después, Gamal Abdel Nasser destituyó a Naguib y nacionalizó el canal de Suez, inició la construcción de una presa en Asuán y convirtió el viejo Egipto de los faraones en uno de los Estados líderes del mundo árabe.

LA CONQUISTA DE BONAPARTE Y SU *DESCRIPCIÓN DE EGIPTO*

El 19 de mayo de 1798, tras la campaña de Italia y su victoria frente a Austria, Bonaparte partió rumbo a Egipto. Deseaba ser como César y Alejandro Magno, y acabar con la hegemonía inglesa de los mares australes. Aunque la ruta de las Indias discu-

---

(Continúa)

El Egipto de los emperadores y los reyes de allende

rría por el cabo de Buena Esperanza, Egipto era una base de interés primordial porque poseía un canal que cruzaba el istmo de Suez. El Directorio, encantado de poder desembarazarse del ambicioso general, lo animó a emprender este proyecto.

El enorme ejército, dirigido por 400 buques de transporte y escoltado por una poderosa flota, pisó la tierra de los faraones el 1 de julio de 1798. Se había elegido esta fecha para evitar la crecida del Nilo y asegurar un desembarco sin incidentes.

El almirante Nelson, al frente de una escuadra inglesa, destruyó la flota francesa en Abukir. Sin embargo, el cuerpo expedicionario francés vivió grandes éxitos militares terrestres.

Tres semanas más tarde, El Cairo cayó y la armada de los mamelucos (etimológicamente, «los poseídos») fue derrotada a los pies de las pirámides.

Como Bonaparte deseaba reformar el país aplicando los principios surgidos del Siglo de las Luces y la Revolución, llegó a Egipto acompañado por 167 sabios, técnicos y artistas. Este equipo, cuya media de edad apenas alcanzaba los 25 años, se encargaría de estudiar el país y retratarlo.

El 22 de agosto de 1798 se fundó el Instituto de Egipto, que siguió el modelo del Instituto de Francia. Bonaparte, su vicepresidente, fue también el director de la sección de matemáticas.

El Instituto, ubicado en El Cairo, se dividía en cuatro secciones: matemáticas, física, arte y literatura, y economía política. Las instalaciones ocupaban una soberbia residencia cairota requisada. El cometido del Instituto era propagar las ciencias en Egipto, pero también reunir y publicar datos naturales, industriales e históricos. La institución produjo la obra más

(Continúa)

El mundo y la vida desconocida de los faraones

duradera y viable de esta desastrosa campaña, que abarcó desde la clasificación de los minerales hasta la reapertura del canal que unió el mar Rojo y el Mediterráneo en la antigüedad, pasando por la música, la artesanía y el estudio de las aves.

Tres días después de la fundación del Instituto, el general Desaix envió a su ejército del Alto Egipto contra los mamelucos de Murad Bey. Lo siguió Vivant Denon, acompañado por los ingenieros Jollois y Duvilliers. Sus dibujos, esbozados sobre el terreno e incluso desde lo alto de sus caballos, empezaron a publicarse en el año 1802 y formaron la base de lo que acabaría convirtiéndose en la *Descripción de Egipto*.

El 22 de agosto de 1799, Bonaparte preparó una expedición científica hacia el sur. Una treintena de sabios, dirigidos por el geómetra Costaz y el ingeniero Fourier, remontaron el Nilo hasta la isla de File. Otra comisión dirigida por Girard estudió la influencia de las crecidas del Nilo sobre la fertilidad del país y los sistemas de irrigación. También recopiló gran cantidad de información sobre la agricultura, la historia natural y el comercio. Algunos miembros del equipo, como Devilliers y Jollois, se convirtieron en arqueólogos improvisados y utilizaron las anotaciones de seguridad militares para dibujar templos y estatuas. A ellos les debemos, entre otros, la lámina del Zodíaco de Dendera, realizada a la luz de las antorchas. Por su parte, Jacques-Nicolas Conté suministró a la comisión instrumentos quirúrgicos y lentes de microscopio, así como una provisión constante de lápices de mina de plomo, fundiendo el plomo de las balas cuando el metal empezó a escasear.

(Continúa)

122

El Egipto de los emperadores y los reyes de allende

En julio de 1799, el matemático Lancret anunció al Instituto un descubrimiento que daría paso a una nueva ciencia, la egiptología. En las proximidades de la ciudad de Rosetta, un caballero había hallado un fragmento de estela de basalto con inscripciones en tres lenguas: jeroglífica, demótica (cursiva tardía) y griega. El texto, un decreto religioso del año 196 a. C., permitió que Champollion descifrara ciertas claves de la transcripción de jeroglíficos y, tras una estancia en Egipto, publicara en el año 1822 sus *Principios generales de la escritura sagrada egipcia.*

Bonaparte, cansado de Egipto, aprovechó las noticias llegadas de Francia para embarcarse de nuevo. El 22 de agosto de 1799 nombró como su sucesor a Kléber, con la consigna de que resistiera a los ingleses, a los turcos y a la peste. Kléber, que fue asesinado en el año 1800, reunió el conjunto de los trabajos realizados por el equipo en una enciclopedia que abarcaba las antigüedades, el Estado moderno y la historia natural.

La mayor parte de la comisión abandonó Egipto en el año 1801, tras la capitulación ante los ingleses. El apego de los eruditos a sus colecciones fue tal que prefirieron seguirlas a Inglaterra con tal de no separarse de ellas. Sin embargo, en su mayoría fueron cedidas a Francia, salvo la piedra de Rosetta, que permaneció en Inglaterra.

Vivant Denon, uno de los artistas de la expedición, publicó con gran éxito *Viaje al Alto y Bajo Egipto*, fue nombrado director de diversos museos, abrió el departamento de antigüedades egipcias en el Louvre y continuó enriqueciéndolo durante toda su carrera.

(Continúa)

(Continuación)

En febrero de 1802, un decreto ordenó la publicación de las colecciones, a expensas del gobierno y en beneficio de los autores. El trabajo de edición fue colosal, ¡pues requirió más de 28 años! El primer volumen salió en 1809 y estuvo seguido por otros 23, que se fueron publicando hasta el año 1830. En la edición trabajaron 200 grabadores y 2000 obreros impresores, repartidos en cinco emplazamientos. Para facilitar el proceso de edición, Conté inventó una máquina para grabar el cuero que ejecutaba los cielos, las masas uniformes de los monumentos y los fondos de los bajorrelieves. Algunas planchas se coloreaban por impresión y después se retocaban con pincel y acuarela. También se diseñó un mueble especial concebido para guardar esta enciclopedia.

La *Descripción* marcó el inicio de la egiptología y dio paso a numerosas vocaciones. La fascinación por Egipto ya no desaparecería jamás.

CRONOLOGÍA DE LAS ÉPOCAS Y SOBERANOS CITADOS

Imperio Antiguo (3000-2000 a. C.)

* Dinastía I (3000 a. C.): Narmer
  * Dinastía III (2800-2700 a. C.): Zoser
  * Dinastías IV-VI (2700-2400 a. C.): * Seneferu * Keops Kefrén * Micerino * Unas * Pepy I * Pepy II * Nitocris
  * Dinastías VII-X (2400-2000 a. C.): Primer Periodo Intermedio

(Continúa)

(Continuación)

Imperio Medio (2000-1600 a. C.)

* Dinastías XI-XII (2000-1800 a. C.): * Mentuhotep IV * Mentuhotep VI * Amenemhat I * Sesostris I * Amenemhat II
   * Sesostris II * Sesostris III * Amenemhat III * Amenemhat IV
   * Dinastías XIII-XVII (1800-1600 a. C.): Segundo Periodo Intermedio: * reyes pastores hicsos

Nuevo Imperio (1600-1100 a. C.)

* Dinastía XVIII (1600-1300 a. C.): * Amosis I * Amenofis I
   * Tutmosis I * Tutmosis III * Amenofis II * Tutmosis IV * Amenofis III * Amenofis IV-Akenatón * Tutankamón * Ay * Horemheb
   * Dinastías XIX-XX (1300-1100 a. C.): * Ramsés I * Seti I
   * Ramsés II * Merenptah * Ramsés III

Baja Época (1100-300 a. C.)

* Dinastía XXI (1100-950 a. C.): * Herihor
   * Dinastías XXII-XXV (950-650 a. C.): * Sheshonq I * Piye
   * Bakenrenef * Shabako * Taharqo
   * Dinastías XXVI-XXX (650-330 a. C.): * Psamético I
   * Necao * Amasis I * Psamético III * Cambises * Darío I * Darío II

Egipto ptolemaico y romano (300 a. C.-600 d. C.)

* Alejandro Magno * Cleopatra VII * César * Tiberio * Claudio...
   * Justiniano

El misterio de la construcción de las pirámides

Cuando Zoser construyó la primera pirámide escalonada hacia el año 2650 a. C. realizó un gesto con connotaciones religiosas. Todas las obras monumentales que se llevarían a cabo a partir de entonces, desde las pirámides de lados lisos hasta los hipogeos gigantescos del Valle de los Reyes, marcarían el ritmo de la vida de los egipcios.

EL SIGNIFICADO DE LAS PIRÁMIDES

Estos monumentos funerarios tienen el mismo significado, se eleven por encima del suelo a 146 m de altura o se adentren más de 100 m en las profundidades de la tierra.

Todos los reyes egipcios unieron a su pueblo alrededor de un proyecto gigantesco de dimensiones espirituales: la construcción de un monumento en el que sería enterrado su faraón, su dios-guía. Un monumento en el que sería inmortalizado y se prepararía para su viaje al más allá.

Cada una de estas obras monumentales ocupó a artesanos y obreros durante años. Por ejemplo, se dice que la pirámide de Keops tardó 20 años en completarse. Para su construcción no se utilizaron esclavos —pero sí prisioneros de guerra en las canteras—, debido al significado religioso de estos monumentos. Durante la crecida del Nilo, las canteras estaban muy activas porque la mano de obra campesina podía colaborar en las tareas de construcción. El ejército, por su parte, aseguraba el transporte de los bloques de piedra, que por lo general se efectuaba por el Nilo.

DE LAS PIRÁMIDES ESCALONADAS A LAS DE LADOS LISOS

Zoser, el segundo faraón de la dinastía III, fue el primero en erigir una pirámide escalonada. Es probable que su construcción se prolongara los 19 años de su reinado. El ladrillo se abandonó en beneficio de la piedra, lo que modificó por completo la ambición del proyecto. El arquitecto Imhotep, que posiblemente fue visir de Zoser, decidió superponer las mastabas para construir la pirámide de Saqqara, con seis plantas apiladas y 60 m de altura. La pirámide se rodeaba de un enorme complejo funerario: un recinto fortificado de 544 × 277 m, con patios cerrados, capillas, casas del Norte y el Sur que simbolizaban el Alto y el Bajo Egipto, pabellones festivos y un templo funerario. En aquel entonces, la pirámide constituía una especie de rampa de lanzamiento que permitía que el faraón se elevara hacia el cielo para que su Ka pudiera unirse más fácilmente al sol.

Tras erigir una pirámide de doble inclinación llamada *romboidal*, Seneferu, el primer faraón de la dinastía IV, construyó una pirámide roja, la primera de paredes lisas y con una sola inclinación. Hacia el año 2550 a. C., su hijo Keops erigió una pirámide de mayor tamaño en la meseta de Guiza, una explanada de 2 km de lado que se alza sobre el Nilo. Con una base cuadrada de 230 m de lado y 146 de altura, esta pirámide se convirtió en la más grande del mundo. Hoy en día mide 9 m menos, debido a los efectos de la erosión. Sus paredes lisas, revestidas originariamente por un paramento blanco, tienen una inclinación de 51° 50' 40'' y sus cuatro lados miran hacia los cuatro puntos cardinales.

Este monumento religioso que albergaba la tumba del rey —una cámara funeraria de 60 m^2 situada en el centro de la construcción, a la que se accedía por una inmensa galería de 8 m de altura y 47 de longitud— tuvo que erigirse siguiendo unos cálculos astronómicos precisos. Keops y Micerino, sucesores de Keops, también construyeron sus pirámides en la meseta de Guiza.

LA CANTERA DE LA PIRÁMIDE

Imaginemos ahora que estamos en la cantera de la pirámide de Keops, una de las siete maravillas del mundo. Hace mucho calor. El Nilo se encuentra en su periodo de estiaje máximo. Se aproximan las inmensas barcas, cargadas con bloques de piedra caliza procedentes de Tura. Ahora resulta más sencillo transbordarlas, pues el agua lame las orillas de la meseta de Guiza. Hace tiempo que los sacerdotes determinaron el emplazamiento y la orientación de la pirámide. La cantera está llena a rebosar. Hay más de 30 000 personas trabajando, en su mayoría campesinos, pues la temporada agrícola ha llegado a su fin. Los egipcios están obligados a realizar trabajos pesados por los que cobran en especie, pues no existe la moneda, pero este complemento les resulta muy útil para mantener a sus familias. La mano de obra abunda, pero la «ciudad de artesanos y técnicos» tan sólo estaba formada por unos cientos de hombres. En esta fase de la obra, los talladores de piedra eran los obreros más necesarios.

Las piedras se colocan sobre unos grandes trineos de madera que se remolcan sobre troncos o se arrastran por un lecho de tierra humedecida hasta el emplazamiento de la obra, que en el momento presente está a punto de iniciar su sexto nivel.

¡MISTERIO!

La escena se detiene aquí, puesto que los egiptólogos no pueden más que conjeturar sobre cómo se levantaron los bloques. Para construir la pirámide de Keops se utilizaron 2,7 millones de metros cúbicos de bloques de piedra de entre dos y tres toneladas de peso (en la base, algunos incluso superan las 15). Según Heródoto, los egipcios emplearon péndolas para izar las piedras de un nivel a otro. Teniendo en cuenta que cada nivel tenía una altura aproximada de 6 m, esta explicación resulta poco plausible, pues la cultura egipcia no conocía la rueda, el hierro, la polea ni el cabrestante. La teoría más extendida sugiere que se utilizaron rampas de acceso rectas, dispuestas alrededor del edificio. Esta hipótesis resulta bastante arriesgada, pues supone la construcción —con ladrillos recubiertos de barro limoso y humidificados constantemente— de unas rampas de acceso que permitieran la tracción frontal de diversos equipos. Esto significa que, para poder ascender 150 m, se habría tenido que construir una rampa de acceso de 1 km de longitud y una anchura equivalente a la del lado correspondiente. Semejante rampa de acceso habría representado un volumen de obra muy superior al de la pirámide. Además, algunos egiptólogos consideran que se habrían necesitado cuatro rampas, aunque otros estiman que con una habría sido suficiente.

La última teoría presentada por los especialistas sugiere que los egipcios subieron los bloques por una rampa interna que formaba un túnel en espiral.

Sea como sea, una vez construida, la pirámide debía de parecer un prisma gigantesco de barro seco. Los obreros instalaban entonces los paramentos planos de cobertura de los lados e iban retirando de forma progresiva la arena y el barro.

LOS SECRETOS DE LA GRAN PIRÁMIDE

La Gran Pirámide de Guiza se construyó hacia el año 2500 a. C. Heródoto la visitó en el siglo V y se quedó tan fascinado que la presentó como una de las siete maravillas del mundo. La admiración suscitada por este monumento ciclópeo ha resistido el paso de los siglos y ha suscitado muchísimas preguntas.

Hay quien afirma que esta pirámide fue un observatorio reservado a los sacerdotes astrónomos que estudiaban el cielo para obtener datos científicos, pues su altura representa aproximadamente la millonésima parte de la distancia que hay entre el Sol y la Tierra. Por su orientación, parece ser un enorme cuadrante solar que indica las fechas exactas de los solsticios de invierno y verano, así como los equinoccios de primavera y otoño. Y su disposición interior encierra una extraña geometría que revela, a través de los pasadizos y galerías que conducen a la cámara del faraón, toda la historia de la humanidad, desde el año 4000 a. C. hasta nuestra era, lo que suponen 6000 años de epopeya terrestre.

¿De dónde obtuvieron su presciencia los arquitectos egipcios? Posiblemente, del estudio de los astros. Según Flavio Josefo, historiador del siglo I, los egipcios inventaron esta forma particular de conocimiento, asociado a los cuerpos celestes y a su disposición en el cielo. Para que sus descubrimientos no cayeran en el olvido, construyeron dos monumentos, uno de ladrillo y otro de piedra, y guardaron en ellos sus conocimientos con el objetivo de transmitírselos a la humanidad.

Los enigmas que plantea la Gran Pirámide apasionaron y maravillaron a los egiptólogos, entre los que destacaron el abad Moreux y Georges Barbarin. ¿Cómo era posible que los arquitectos egipcios contaran con unos conocimientos tan extraordinarios en tiempos tan antiguos? A principios del siglo XVIII, el egiptólogo D. Davidson se centró en el descifrado de los textos egipcios y logró establecer un calendario de 6000 años de historia, desde sus orígenes hasta el fin del mundo (que hipotéticamente tendría lugar en el tercer milenio). Según Davidson, en la prehistoria existió una civilización sumamente desarrollada que tuvo un final catastrófico al que aluden las tradiciones de varias sociedades posteriores, así como las leyendas egipcias, aztecas e incas que hablan sobre la desaparición de la humanidad, la destrucción de los mundos y demás. Según Davidson, los arquitectos egipcios se inspiraron en dichas predicciones para construir la Gran Pirámide de Keops.

En el año 1859, el matemático inglés John Taylor afirmó que la Gran Pirámide fue construida con la finalidad de transmitir una revelación y una profecía divina.

Las grandes etapas de la historia se inscriben en la lengua muda del monumento, que revela las fechas de nacimiento y crucifixión de Jesucristo (a quien el *Libro de los Muertos* designa como el señor de la pirámide), así como la fecha de la Primera Guerra Mundial. Además, las medidas geométricas de la Cámara del Triple Velo describen la década transcurrida entre 1918 y 1928 como un periodo de caos y desorden económico, mientras que el Segundo Pasaje descendente, que va de 1928 a 1936, indica el auge del nazismo.

Se considera que nuestro camino terrenal desemboca en la vacía Cámara del Rey, la tumba de la historia que señala exactamente el año 2001. No se puede seguir adelante, pues ahí termina nuestra humanidad pecadora, aunque también surge la esperanza de una nueva era purificada.

Esta nueva era purificada, a la que también aluden muchas otras profecías, ¿hace referencia a los supervivientes de una guerra atómica o a la aparición de una humanidad milagrosamente regenerada que no conocerá la guerra ni la corrupción? Los adivinos y profetas también plantean otra pregunta: ¿el Apocalipsis del Tercer Milenio será una catástrofe o una revelación, como indica su etimología griega? Cabe señalar que, originariamente, el término griego *apocalipsis* significaba «revelación» y que sólo se convirtió en un sinónimo de catástrofe tras las predicciones del apóstol San Juan relativas al fin del mundo.

El Egipto de los dioses

Durante más de 3500 años, Egipto vivió al ritmo de la salida de la estrella Sirius (Sothis) y las crecidas del Nilo, personificadas por el dios Hapy. Egipto era el castillo o el feudo del alma (Ka) de Ptah, es decir, el *Hikuptah* que los griegos transformaron en *Æguptos* y que las lenguas modernas adaptaron como *Egipto*. En una época en la que la mayoría de los pueblos vivía en toscas tiendas o chozas y se alimentaba del producto incierto de peligrosas cacerías, los egipcios ya cultivaban trigo en los aluviones del Nilo y únicamente deseaban existir en perfecta armonía con los dioses y vivir al ritmo de los ciclos del tiempo.

El conjunto del país debía de ser un reflejo de la grandeza de los dioses, la manifestación de su magnificencia. A través de los misterios de Deméter en Eleusis, Grecia transmitió a Occidente la iniciación espiritual y los Evangelios de Cristo; sin embargo, fue Egipto el que formó a los grandes iniciados bíblicos (José y Moisés) y helénicos (Orfeo, Homero, Solón,

Demócrito, Pitágoras, Platón, Heródoto). Y también fueron los egipcios quienes nos transmitieron su conocimiento sobre los principios cósmicos y los ciclos de la vida y la muerte.

Apenas quedaba nada del antiguo esplendor de los faraones cuando los griegos, que gobernaban en aquel entonces el país, se preocuparon por recoger los restos de este conocimiento, esta enseñanza espiritual que todavía subsiste en un país que se adormeció durante el resto de la eternidad.

LOS MISTERIOS DE OSIRIS, MITO FUNDADOR

El reino de Amenti

Geb, el del Corazón Puro y Justo, era el soberano de la isla de Amenti (Tierra de Occidente o Atlántida). Un buen día decidió casarse, así que fue en busca de una princesa digna de su reino. Como no deseaba un matrimonio desequilibrado ni tampoco despertar la envidia de sus vasallos casándose con la hija de uno de ellos, decidió buscarla allende del mar, en el continente, en una comarca situada al este de la isla. La elegida fue una joven hija de la montaña llamada Tefnut. Esta montaña, creada por Atum, era tan alta que sostenía el cielo desde los inicios del mundo.

El pueblo de Amenti recibió con alegría a la princesa Nut. Mientras preparaban la ceremonia nupcial, la joven se hospedó cerca de un gran lago en cuyo centro crecía un magnífico jardín al que se accedía por un pequeño puente. A Nut le encantaba pasear por aquel

136

jardín y meditar a los pies de un gran sicómoro que se alzaba justo en el centro, un árbol tan alto que su copa se elevaba por encima de todas las demás.

Una mañana, mientras entonaba un himno a Atum-Ra para recibir al amanecer, Nut quedó fascinada por el resplandor del sol. De pronto se oyó un trueno, seguido por la voz de Atum, el creador: «¡Sé, hazte carne! ¡Oh, tú, que fuiste engendrado en el espacio y concebido en el abismo! Alza la cabeza, oh, flexible sicómoro de Nut, pues los cielos han dado a luz y el cielo y la tierra (Shu y Tefnut) tienen un niño en sus manos. Él llegará a ti como una estrella. ¡Osiris viene a ti!» (Textos de las Pirámides).

De pronto, un rayo iluminó la Tierra y Nut percibió un ibis que formaba un remolino a su alrededor. Cerró los ojos y permaneció tendida, inconsciente, bajo el sicómoro. Geb, que había sido prevenido divinamente por un sueño, decidió aceptar al niño que iba a nacer. Así fue como el divino Osiris nació en el país de Amenti.

Geb y Nut, que representan la dualidad cósmica de la tierra y el cielo, contrajeron matrimonio y de su unión nacieron Seth, Isis y Neftis.

Isis y Neftis adoraban a Osiris, pero Seth lo envidiaba y lo detestaba. Nut instruyó a Osiris sobre su doble naturaleza, divina y humana, y lo preparó para gobernar el reino de su padre.

La edad de oro de Osiris

El pueblo de Amenti llamaba a Osiris *el Espléndido*. Conocedor de las cualidades de su hijo, Geb decidió

137

abdicar en su favor y le entregó todo lo que poseía. Durante el reinado de Osiris, el continente vivió una auténtica edad de oro.

Osiris enseñó a los hombres a irrigar la tierra, cultivar el trigo, hacer la harina y preparar el pan, que desde entonces se consideró un alimento sagrado. También les enseñó a discernir entre el bien y el mal, el vicio y la virtud. Además, les entregó las leyes y los incitó a amar la verdad y la justicia, atributos de la diosa Maat.

Seth, el hijo de Geb y Nut, era un hombre muy fuerte, más corpulento que Osiris y casi tan bello como él. Tenía la piel rojiza y los ojos muy claros. Envidiaba a su hermano Osiris porque, a pesar de haber nacido fuera del matrimonio, su naturaleza divina le había concedido el reino de Amenti. Seth consideraba que este reino le correspondía a él, como hijo mayor y legítimo del matrimonio. Movido por el odio que sentía hacia su hermano, incitó la revuelta entre aquellos que también habían perdido sus privilegios.

Osiris solía pasear por el jardín del centro de la isla y descansar bajo el sicómoro, como antaño había hecho su madre, Nut la Brillante. Cada vez que descansaba bajo este árbol, cuyas ramas —según se decía— acogían a los espíritus celestes, sus súbditos advertían que se volvía un poco más hermoso y resplandeciente. Osiris estaba tan marcado por la luminosidad del espíritu (Atum) como Seth por el color de la Tierra (su padre Geb).

Una noche, mientras Osiris dormía bajo el sicómoro, Seth envió contra él una horda de serpientes con el objetivo de que lo mordieran. Alertado por el grito de una lechuza escondida en el árbol, un lince (Sejmet) saltó de las ramas del sicómoro justo cuando Osiris estaba a punto de ser atacado por los reptiles. Entonces, decapitó a la serpiente Antu y arrancó de un mordisco las cabezas de todas las demás bestias. Osiris estaba a salvo. Sin perder ni un instante, Sejmet se abalanzó sobre Seth, que permanecía escondido en las proximidades, lo tiró al suelo y le desgarró la carne.

«¡Las garras de Sejmet que están encima de ti proceden del Árbol de la Vida y tu boca está llena de espuma! ¡Retírate, márchate! ¡Si Osiris alza su mano sobre ti, morirás! ¡Si el brazo de Osiris te golpea, dejarás de existir!» (Textos de la Pirámide del faraón Teta).

Pero Osiris, después de purificarse, decidió absolver a Seth y perdonarle la vida. «Los enemigos escondidos cerca del sicómoro en el que se encontraba Osiris habían desencadenado una tormenta en vano» (papiro de Hunefer).

El nacimiento de Horus y Anubis

El origen mítico de los hijos de Isis y Neftis ha conocido diferentes versiones a lo largo de los milenios. La que presentamos aquí es la más antigua y fue escrita o grabada por los egipcios de las primeras dinastías. Más adelante, durante el Nuevo Imperio, Horus pasó a ser un hijo póstumo de Osiris.

Cuando Seth descubrió que Isis, su hermana y hermanastra, estaba embarazada de Osiris, decidió deshacerse tanto de la madre como del niño y ordenó a sus hombres que la raptaran.

Llevaron a Isis a una isla salvaje rodeada de cocodrilos, un lugar del que no podría escapar, pues cabe señalar que, para los egipcios, el cocodrilo era la imagen del monstruo más temible. Escondida entre las plantas de papiro que crecían en el centro de la isla, Isis amamantó a Horus durante tres años. Ella se alimentaba de marisco y bebía el agua que brotaba de las fuentes. Un día, el niño pisó una escolopendra (un tipo de ciempiés venenoso) y el pie se le hinchó tanto que Isis creyó que iba a morir. Sin perder tiempo, aplastó al animal para preparar una pasta que humedeció con su saliva y la introdujo en la boca del pequeño, que estaba prácticamente muerto. Horus regresó a la vida y su corazón volvió a latir con normalidad.

¡Estaba salvado! Algunos papiros indican que Horus pisó una serpiente, no una escolopendra. Cabe señalar que la medicina que preparó Isis se sigue utilizando en ciertos lugares de África.

Un buen día, unos pescadores encontraron a Isis y a su hijo. Durante estos años, Seth no sólo se había contentado con alejar a Isis del palacio real, sino que también había conseguido convencer a Neftis para que compartiera cama con Osiris, usurpando el lugar de Isis. Neftis se envolvía en los velos de su hermana ausente y se perfumaba con sus aceites antes de deslizarse en el lecho de Osiris, mientras este dormía. Fue así como quedó embarazada y trajo al mundo al joven Anubis.

Anubis, que desempeñó un papel importante en el embalsamamiento de Osiris, es el homólogo de su hermano Horus en el mundo de las tinieblas. «Anubis te ha envuelto en tu mortaja, ha hecho lo que tenía que hacer: te ha engalanado con adornos y te ha envuelto con vendas, pues es el intendente del dios» (papiro de Nebseni).

La división del mundo

Mediante falsas promesas, Seth logró que una parte del pueblo se sublevara y dividió el reino de Amenti en dos. El este continuó siendo fiel a Osiris, mientras que el oeste optó por seguir a su malvado hermano. Tras reunir numerosas tropas, Seth avanzó contra el país de Osiris prendiéndolo todo en llamas, destruyendo pueblos y ciudades, y masacrando a todos aquellos que se negaron a seguirlo. El país se sumió en una gran desolación y sus habitantes se refugiaron en la montaña hasta que Osiris se puso a la cabeza del ejército y se convirtió en el señor de todos.

La batalla se inició 29 años después de que Seth hubiera sido desterrado del palacio de Osiris. Ambos ejércitos se masacraron entre sí. Miles de hombres murieron por heridas de flecha.

Para escapar de la masacre, los guerreros a los que los papiros llamaron «hijos de la revuelta impotente» se dieron a la fuga y fueron perseguidos por las tropas de Osiris. Seth y algunos de sus seguidores fueron apresados. Cuando llegó el momento de ejecutar a su hermano criminal, Osiris decidió perdonarlo una vez más, a pesar de los gritos de la multitud. «Cuando llegaron Seth y sus seguidores, fueron reemplazados por toros y carneros; los príncipes feudales los degollaban y su sangre se derramaba entre ellos a medida que los golpeaban» (papiro de Nebseni y Ani). «Y Seth, el hijo de Nut, fue encadenado a los grilletes que él mismo había preparado para Osiris» (papiro de Nu).

La victoria de Osiris fue breve. Seth pudo corromper a los guardias de su prisión y logró escapar, más decidido que nunca a vengarse de su hermano.

La muerte de Osiris

Osiris continuó yendo a meditar bajo el sicómoro del centro del jardín, y fue allí donde le tendieron una emboscada los enemigos que ya habían intentado matarlo.

Aquella noche, Osiris se despidió de sus allegados y se dirigió a la solitaria isla del jardín. «Osiris sabía que había llegado su hora y que había vivido su periodo de vida. Al llegar la sexta hora, la séptima y la octava, Atum-Ra llamó a Osiris» (papiro de Ani). «Osiris tenía miedo. Le aterraba avanzar por las tinieblas, temía ver a aquellos que había destruido» (pirámide de Unas). «Aquellos que desean deshacerse de mí y hacerme daño son los hijos de las tinieblas» (papiro de Hunefer).

Sabiendo que su hora había llegado, Osiris imploró a su padre divino, al igual que hizo Jesús al inicio de su Pasión en el Jardín de los Olivos: «¡No desprecies a Osiris, oh, Atum-Ra! ¡No permitas que muera de miedo! La barca de Seth se acerca». A continuación, Osiris se dirigió a su hermano: «Yo no he pecado. No permitas que tu odio estalle sobre mí. Yo doy. Toma según mi orden. No me arranques el corazón, pues soy el señor de la vida».

A pesar de esta súplica, Osiris fue golpeado y atado al sicómoro, que se había convertido en una horca. Tras contemplar a su hermano agonizante, Seth le arrancó el corazón, que todavía palpitaba, con un cuchillo de sílex negro.

Seth fue proclamado rey. Todavía cubierto por la sangre roja de Osiris, sus partidarios lo llevaron triunfante a la ciudad. Saboreando su éxito, pero preocupado por cómo reaccionaría el pueblo de Amenti si descubriera las verdaderas razones de la muerte de su adorado líder, Seth regresó junto al sicómoro para asegurarse de que su hermano había muerto. Entonces, doblegó su cuerpo magullado de tal forma que la cabeza quedó sujeta entre las piernas, y la columna vertebral se rompió por cuatro partes. En cuanto Osiris quedó doblegado y convertido en círculo (huevo), Seth capturó a dos toros, Mnevis y Apis, y utilizó la piel del primero para crear una barca fúnebre; con la del segundo, negro y con una estrella blanca en la frente, envolvió el cuerpo de Osiris, para esconderlo. Y así fue como Osiris se convirtió en el Toro, la fuerza vital.

Junto al cuerpo replegado de Osiris se alzaba el sicómoro, único testigo de la pasión del dios y portador de las marcas del drama. La savia, enrojecida por la sangre, escapaba por los muñones de sus ramas cortadas.

Incapaz de soportar que continuara en pie el árbol que había conocido la naturaleza divina de su hermano, Seth ordenó talarlo. Ayudándose de fuego, sus hombres vaciaron el tronco, que se convirtió en el ataúd de Osiris. La operación realizada para vaciar el tronco del Árbol de la Vida fue la misma que utilizaron durante siglos los sacerdotes embalsamadores de Egipto para eviscerar a los difuntos. Osiris, símbolo de la vida terrenal animada por el aliento divino (Atum-Ra), pasó a ser representado como mártir, como toro y como árbol sanador. El difunto egipcio se convertiría en otro Osiris durante todo el ritual mortuorio que lo acompañaría en su viaje hacia el más allá.

El joven Horus cargó sobre sus hombros el cuerpo de su padre y lo depositó en el sicómoro hueco, envuelto en la piel de toro. Seth colocó la cabeza del animal sobre el orificio.

Mientras Isis y Neftis lloraban a su hermano divino, el ataúd fue dispuesto en una barca que empujaron hasta el gran río que conducía al océano, para que se alejara con la corriente. La cabeza del toro Apis era lo único que sobresalía de la barca, que fue conducida hasta su última orilla por una serpiente de mar.

La barca empezó a deslizarse entre los juncos y encalló por fin en la orilla. Entonces, el sol se elevó y la bruma se dispersó. Osiris había resucitado.

Desde las ventanas de su palacio, Seth advirtió que el cielo enrojecía, al igual que las cimas de las montañas iluminadas por la aurora. Unos rugidos sordos anunciaron la inminencia de la cólera divina. Tan sólo unas horas después, la Atlántida (Amenti) desapareció entre el oleaje.

En otras versiones más o menos antiguas del mito de Osiris, Seth cortó a su hermano en 14 (o 16) trozos e Isis intentó reunirlos para poder embalsamar su cuerpo. Sólo logró encontrar 13 (o 15), pues el último fragmento, el falo, había sido devorado por un cocodrilo del Nilo. Es probable que este desmembramiento de Osiris fuera un reflejo de las disensiones que enfrentaron a las distintas ciudades egipcias, deseosas de demostrar su supremacía cultural. Muchos templos afirmaron ser depositarios de una parte del cuerpo del dios: el templo de Busiris custodiaba la columna vertebral (el pilar Djed); el de File, una pierna; el de Abidos, la cabeza, y el de Mendes, el falo.

Osiris pudo renacer porque el sicómoro es un árbol de vida. La regeneración del dios, al igual que su nacimiento, es la manifestación de la vida universal. Osiris simboliza la resurrección de los humanos en el más allá, así como la germinación de las semillas bajo el sol. Se le compara con el grano de trigo que muere, después germina y finalmente reaparece bajo la luz solar.

Este dios también simboliza los ciclos de la naturaleza. Numerosas ilustraciones representan su momia cubierta de granos de trigo o jóvenes espigas de trigo que brotan de su cuerpo tendido.

La huida a Egipto

El mismo día que Amenti/Atlántida se sumergió en el mar llevándose consigo a gran parte de la humanidad, tuvo lugar un terrible enfrentamiento entre Seth y Horus. La batalla, que se desarrolló durante un eclipse solar, dejó a ambos malheridos. Horus emasculó a su tío y Seth arrancó un ojo al hijo de Osiris. La herida sangraba con abundancia y su rostro quedó cubierto de sangre, pero entonces reapareció el sol y los testigos comprendieron que Ra se disponía a cerrar la herida de Horus.

A pesar de su dolor, el hijo de Isis siguió luchando y finalmente logró derrotar al asesino de su padre. Seth fue arrojado a las llamas junto a sus 72 seguidores. Entonces, los sacerdotes entregaron a Horus las armas de

Osiris para que ocupara el trono. A partir de ese momento, Horus pasó a ser conocido como *el Vengador de su Padre*.

El alma perversa de Seth siguió presente por toda la Tierra, al igual que el alma luminosa de Osiris, que vive eternamente: «Yo soy Seth, el que desata las tormentas y los truenos en el horizonte». «La tormenta ruge por él, aúlla como Seth» (papiro de Mesem Neter).

Horus, con la cabeza vendada, llamó a sus cuatro hijos para que lo protegieran y lo guiaran hasta el puerto, donde estos montaron en una de las últimas barcas disponibles. «Abandonó la Isla de las Llamas el día de la Gran Inundación» (Textos de las Pirámides).

Tras una peligrosa travesía hacia el este, la barca encalló en las playas de África. Cuando Isis imploró al alma de su hermano que curara con saliva la herida de su hijo, Osiris llenó la terrible herida con un nuevo ojo. Lo primero que vio Horus al abrirlo fue a su padre Osiris, resucitado del mundo de los muertos. Largo tiempo después de que se produjeran estos terribles acontecimientos, Horus y el resto de los supervivientes de la Atlántida llegaron a las Tierras de Egipto. Este lugar se convirtió en el Castillo del Alma de Ptah, el feudo de Atum-Ra y el País que agrada a Su corazón.

EL CULTO DEL NILO Y EL SOL

Dios río

Como bien dijo Heródoto, «Egipto es un don del Nilo». Este río logró ganarle su fértil delta al mar, depositando pacientemente un légamo que no se dispersaba debido a la ausencia de mareas del mar Mediterráneo. La crecida del Nilo comenzaba en el solsticio de verano y alcanzaba su apogeo en el equinoccio de otoño.

En ese momento, las aguas cubrían las tierras bajas, ya húmedas por la infiltración, y los terrenos elevados se encharcaban y se volvían pantanosos. Las aguas empezaban a retirarse a partir del equinoccio de otoño. La siembra se realizaba de forma paulatina y la cosecha tenía lugar los meses de febrero, marzo y abril.

Al abandonar las tierras inundadas, el Nilo dejaba en su superficie un légamo negruzco que los campesinos utilizaban como abono y extendían por los terrenos más elevados que no habían sido alcanzados por la inundación.

En este suelo, todavía húmedo, las labores de labranza resultaban inútiles, pues las semillas que caían sobre la superficie se hundían por su propio peso en la tierra mojada y proporcionaban las ricas cosechas que convirtieron a Egipto, durante la época del imperio, en el granero de Roma.

En cuanto se recogía la última cosecha, comenzaba la sequía. Un viento del sur, abrasador y agobiante, soplaba cargado de arena durante 50 días y cubría la naturaleza con un sudario gris. La tierra se desecaba y se resquebrajaba; la languidez se adueñaba de los hombres y los animales.

A principios de junio, el viento del norte empezaba a soplar por fin. Entonces, las aguas del Nilo se agitaban. Primero fluían con un color verdoso y después, durante varios días, eran rojas como la sangre. El fondo endurecido de los aljibes se iba humedeciendo lentamente hasta quedar cubierto por una ligera capa de agua. La crecida del Nilo anunciaba su llegada.

En el valle del Nilo, el año se dividía en tres periodos, en tres estaciones determinadas por el movimiento del río: el periodo de inundación, el de cultivo y el de sequía. Los antiguos egipcios atribuían a la benevolencia del dios Nilo estos desbordamientos periódicos que aportaban vida y riqueza al país (y que eran debidos a las lluvias torrenciales que caían en primavera en la zona ecuatorial de sus fuentes).

Para controlar los desbordamientos a veces demasiado impetuosos del dios Nilo, los egipcios encauzaron su curso y construyeron canales que, además de llevar sus aguas hacia los embalses, lucharon contra la invasión de la arena del desierto. Para poder realizar unas obras de semejante envergadura en la antigüedad se requería una dirección central, un poder real único y fuerte. El curso del Nilo debía modificarse en toda su extensión, pues trabajar en un tramo y descuidar otro sólo habría producido desastres. Cada vez que la autoridad se dividía a causa de los golpes de Estado, las revueltas o demás desórdenes, el dios Nilo se volvía devastador y castigaba a los hombres por sus discordias. El control del Nilo justificaba la existencia de una realeza despótica.

La población profesaba un culto concreto al dios río que la alimentaba, hacía crecer los cereales y los papiros, y daba vida a numerosos peces. El Nilo era el dios Hapy.

Mancillar sus aguas arrojando un cadáver en ellas constituía un sacrilegio que se castigaba con la muerte. Los hombres convirtieron en dioses a los cocodrilos y serpientes que frecuentaban sus orillas para conseguir su favor, creyendo que así podrían evitar sus mordiscos. Así fue como la cobra (naja) se convirtió en el emblema de la realeza y su imagen alzada pasó a adornar la diadema que llevaba el faraón en su frente.

Los egipcios consideraban que, en tiempos muy antiguos, los dioses les habían dado la vida y los habían instalado en el valle del Nilo. Estos mismos dioses les habían enseñado a canalizar su curso. Era la edad de oro de los *Shemsu Hor*, o servidores de Horus.

La sabiduría divina concedió a los *Shemsu Hor* su organización civil y sus leyes. Es probable que en esta teocracia la casta de los sacerdotes, soberana, hiciera de intermediaria entre los dioses y el pueblo.

Tras un periodo de autoridad absoluta y divina solía desarrollarse un espacio de tiempo guerrero y feudal. La revolución que llevó a cabo Narmer hacia el año 3000 a. C. arrebató a los sacerdotes su influencia. Entonces Narmer se convirtió en el rey único del Alto y el Bajo Egipto y entrelazó en su ideograma el junco y el papiro, los emblemas de ambos países. Su sucesor Aha fundó la ciudad de Menfis, protegida por un dique gigantesco y dedicada al dios Ptah: *Ha-ka-Ptah*, *Ægyptos* en griego.

Aunque Narmer unificó y planificó el valle del Nilo, la constitución política de Egipto siguió siendo feudal. Los jefes de los nomos respetaban al faraón, aseguraban el servicio militar y ordenaban ejecutar en su nombre las grandes obras públicas. Esta organización caracterizó al Antiguo Egipto, con una unificación más completa cuando gobernaron los grandes reyes autoritarios y una mayor descentralización cuando reinaron las dinastías más débiles.

149

Dioses faraones

Los descendientes de Narmer fueron los faraones, los hijos del dios sol. Para que el legado divino no desapareciera, los sacerdotes aceptaron (seguramente durante el reinado de Nynecher) que pudiera transmitirse a través de la mujer. Cuando moría un faraón sin dejar un heredero varón, ya fuera hijo, ya sobrino, el jefe de la nueva dinastía contraía matrimonio con una princesa de la familia real precedente para que la sangre de Narmer se transmitiera de generación en generación, sin diluirse jamás. Osiris dio ejemplo casándose con su hermanastra Isis. Estos matrimonios endogámicos hicieron que San Agustín se burlara de esta religión de divinidades incestuosas y monstruosas, con cabeza de animal y cuerpo de hombre.

A partir de la dinastía VI, al final del Imperio Antiguo, se estableció el culto de los animales. Ocho siglos después, Menfis vivió su apogeo y se construyeron las pirámides más prestigiosas: las de Keops, Kefrén y Micerino. Durante el Imperio Medio, las nuevas dinastías se instalaron en Tebas. Hacía tiempo que los gobernadores tebanos rivalizaban con los del Bajo Egipto. Amón, Ra y Osiris compitieron con el Ptah de Menfis y el Horus de las primeras dinastías.

El Sinaí se convirtió en una colonia de esclavos (con frecuencia prisioneros) que trabajaban en las minas de cobre y turquesa. Amenemhat III transformó el oasis de El Fayum, próximo a Menfis, en un inmenso embalse que recibía las aguas del Nilo, el lago Moeris de los escritores griegos. El Fayum se convirtió en una inmensa región agrícola, en un verdadero jardín.

El Egipto de los dioses

Hacia el año 2000 a. C., unos pastores llegados del punto más remoto de Oriente Medio invadieron el delta, tomaron Menfis y devastaron el Bajo Egipto. Durante dos siglos, los hicsos fueron los faraones del delta y establecieron su capital en Avaris. Tebas intentó negociar antes de expulsarlos.

El Egipto reunificado dio paso al Nuevo Imperio, una época guerrera y conquistadora. Las expediciones partían hacia África por el mar Rojo y los productos de la India llegaban desde el sur de Arabia. El caballo (importado por los hicsos), el cerdo y nuevas razas caninas pisaron por primera vez el suelo egipcio.

Amenofis IV (Akenatón) intentó imponer el culto monoteísta del dios sol Atón, pero se vio obligado a abandonar el poder. A continuación, ocuparon el trono los Ramsés.

Ramsés II, al que la Biblia describe como un adversario de Moisés, cubrió el valle del Nilo de monumentos que inmortalizaron sus conquistas.

El imperio egipcio, hijo del dios Nilo, ya contaba con dos milenios de antigüedad. Las influencias semíticas, libias, asirias, persas y griegas lo invadieron lentamente y la unidad territorial dejó de preservarse. Los golpes de Estado y las revueltas palaciegas hicieron que la antigua tierra de los faraones perdiera su independencia. Los nuevos tiranos tenían sangre extranjera, pero el milagro siguió operándose: el misterioso Egipto absorbía a sus señores y los doblegaba ante su ingenio, tal y como demostró el brillante periodo ptolemaico.

El primitivo gobierno de los dioses del valle del Nilo estaba en manos de los faraones, continuadores de la dinastía divina. Aunque fueron adorados como dioses tanto en vida como tras la muerte, ni siquiera los faraones más poderosos lograron zafarse por completo de la autoridad de los sacerdotes.

A pesar de su realeza absoluta y su calidad divina, los faraones gravaron con fuertes impuestos a su pueblo de adoradores. El faraón estaba al mando del ejército, la justicia y la religión. Incluso oficiaba las ceremonias del templo de la ciudad en la que se encontraba, ocupando el lugar del sumo sacerdote.

Sólo él podía abrir el relicario del dios en el naos, el lugar más secreto del templo, y contemplar directamente su misterio. Al poseer un origen divino, algunos faraones rindieron culto a su propia imagen, como Ramsés II, que en varios bajorrelieves aparece representado adorándose a sí mismo.

Sus servidores eran hijos de los sacerdotes, la casta más orgullosa y aristocrática de Egipto. Cuando un faraón moría, el pueblo se vestía de luto, se cerraban los templos y no se festejaba ninguna celebración durante los 72 días siguientes (Diodoro de Sicilia).

Dioses sol

La mayoría de las divinidades egipcias fueron divinidades locales. Cada provincia y cada ciudad poseían sus propios dioses. Osiris reinaba en Abidos; Ptah, en Menfis; Amón, en Tebas; Horus, en Edfu, y Hathor, en Dendera. El cocodrilo, adorado en Tebas, era perseguido en la isla Elefantina.

El poder de estas divinidades obedecía a una jerarquía compleja. Además, diversos dioses podían combinarse en uno solo. Dependiendo de la ocasión y de sus atributos, podían actuar de forma concertada e invocarse de un modo colectivo. En este caso, sus nombres se confundían. Según Heródoto, el pueblo egipcio era profundamente religioso. Creía en la vida futura y eterna. El espacio entre el nacimiento y la muerte no era más que una etapa que precedía a la vida anterior.

Los mitos giraban en torno a la historia del Sol, conocido como Ra o Amón durante el día y Osiris durante la noche. El alba suponía un nacimiento, y el crepúsculo, una muerte. Cada día, el viajero divino regresaba a la vida, abandonaba el seno de su madre Nut y ascendía glorioso al cielo, donde navegaba en su barca y combatía victorioso el mal y las tinieblas, que huían de él. El hombre, siguiendo su ejemplo, debía luchar contra las tentaciones y las malas inclinaciones. Durante la noche, Ra el poderoso, Ra el deslumbrante, se convertía en Osiris, el dios que velaba en las tinieblas y en la muerte. Su barca celeste recorría los canales sombríos y era asaltada por los demonios hasta que llegaba la medianoche y se adentraba en un abismo de oscuridad. Después ascendía de nuevo y su curso se hacía más rápido y fácil, hasta que por la mañana regresaba victoriosa.

Dioses hombres

Del mismo modo que el Nilo rechazaba con sus aguas la arena del desierto, el ciclo de nuevos nacimientos y existencias permitía que el hombre lograra triunfar sobre el mal hasta que el reposo eterno le permitiera confundirse con los dioses del panteón.

El mundo y la vida desconocida de los faraones

El hombre egipcio creía estar dotado de una naturaleza cuádruple: el cuerpo encerraba a su doble o sombra, que, al no descomponerse, permanecía con él en la tumba. Este doble encerraba el alma, que, tras la muerte, debía presentarse ante el tribunal divino. El alma, que estaba condenada a errar, tenía que someterse a una serie de pruebas que decidirían si era digna de acceder a la beatitud celestial o si, por el contrario, acabaría precipitándose en la nada.

El alma envolvía la inteligencia, la chispa divina que aconsejaba al hombre durante su vida terrenal y lo abandonaba tras la muerte. La inteligencia regresaba para atormentar al alma si, durante su paso por la tierra, no la había escuchado con la suficiente atención.

Dioses animales

Seth (Tifón para los griegos) fue el dios maléfico de la mitología egipcia. El hermano de Osiris fue coronado faraón y, por lo tanto, los egipcios le rindieron culto.

La serpiente Apofis, símbolo del mal, las pasiones funestas y las plagas naturales, era destruida a diario por los dioses, pero siempre renacía.

Los dioses no siempre se representaban con forma humana. Normalmente conservaban algunas partes del cuerpo humano, pero el resto pertenecía a algún animal. Por ejemplo, Tahout (Hermes para los griegos), mensajero y escriba de los dioses, poseía cuerpo de hombre y cabeza de ibis.

El dios Horus tenía cabeza de gavilán, mientras que la diosa Hathor o Nut, madre del sol, solía representarse con cuerpo de pájaro y cabeza de mujer o con cuerpo de mujer y cabeza de vaca. A Amón se le describía con cabeza de carnero. El escarabajo representaba a Ptah; el ibis y el cinocéfalo, a Thot, y el chacal, a Anubis.

Los egipcios también veneraban a los gatos, entre los que destacó Miuty, el Gran Gato, que cada noche le cortaba la cabeza a la serpiente Apofis para que la barca de Osiris pudiera seguir navegando. Durante el reinado ptolemaico, a pesar de la intervención de los magistrados, el pueblo dio muerte a un romano que mató accidentalmente a un gato.

El toro Apis, emanación de Osiris-Ptah, fue venerado en el conjunto de Egipto. Hijo de una vaca fecundada por un rayo, este toro de pelaje negro tenía una marca blanca y triangular en la frente, la figura de un águila en el lomo y el perfil de un escarabajo bajo la lengua. Además, el pelaje de su rabo era doble. Cuando los sacerdotes reconocían estos signos en un toro, lo convertían en un dios vivo y su muerte era un signo de duelo universal. Este toro no debía superar los 25 años de vida, así que al llegar a esa edad los sacerdotes lo sumergían en una fuente consagrada al sol y colocaban su momia junto a las de sus predecesores en el *Serapeum* de Menfis, la necrópolis reservada a los toros Apis.

EL PANTEÓN EGIPCIO

Amenti

Amenti es la montaña de poniente por la que descienden todos los dioses. Este es el nombre que recibe el lugar, iluminado por los rayos de Ra, al que acceden los difuntos bienaventurados. Amenti, el reino de Osiris, se sitúa al oeste del mundo, en el Extremo Occidente (o el lejano Occidente) que algunos asimilan con la antigua Atlántida desaparecida entre el oleaje. Amenti se representa como una mujer que lleva la pluma blanca de la diosa Maat sobre la cabeza.

Amón

Dios de la fecundidad venerado principalmente en Tebas. Suele representarse con cabeza de carnero y cornamenta curvada, aunque la oca y la serpiente también simbolizan a esta divinidad. Amón es el ojo del sol, el dios escondido y el alma (Ba) de todas las cosas. Durante su reinado, el faraón Akenatón reemplazó el culto de Amón *el Escondido* por el culto de Atón *el Revelado*.

Anubis

Señor de la Necrópolis o Señor de la Tierra Sagrada. Anubis, hijo de Neftis y Osiris, suele representarse como un chacal o como un hombre con cabeza de chacal. Acompañante y guía del alma de los difuntos en el más allá, Anubis preside junto a Thot el juicio de las almas y su pesaje, pues posee las fórmulas mágicas y los textos sagrados. Es el patrón de los sacerdotes embalsamadores, que llevan una máscara que lo representa para celebrar los rituales mortuorios. Anubis desempeña en el mundo de los muertos el mismo papel que su hermano Horus en el de los vivos.

Apis

Toro que simboliza la fertilidad y la abundancia. Es el animal sagrado del templo de Menfis, del mismo modo que la oca lo es del de Karnak. El egiptólogo Auguste Mariette descubrió el *Serapeum*, una necrópolis reservada a los toros sagrados del templo.

Apofis

La serpiente Apofis o Apep, que mide más de 100 codos (unos 52 m) de longitud, siempre intenta destruir al sol Ra, pero cada noche el Gran Gato Miuty, hijo de la diosa Bastet, le corta la cabeza para que la barca de Ra pueda seguir navegando. Apofis nos recuerda que aquí abajo las victorias sólo son temporales.

Atón

Atón fue un dios menor y una manifestación de Ra antes de que el faraón Amenofis IV lo convirtiera en dios único y creador del mundo, y adoptara el nombre de Akenatón, «el que complace a Atón». Esta divinidad suele representarse con un disco solar cuyos rayos, en forma de brazos acabados en manos, bendicen y protegen a los hombres.

Atum

Atum se engendró a sí mismo en las aguas primordiales (el Nun). Es la imagen del creador, el alfarero del mundo y el sucesor de Ptah en los cultos egipcios. Atum se manifiesta a través de los rayos del sol. Es el conjunto del universo. Representado por el escarabajo Jepri, Atum se encuentra en el origen de toda la vida. Es quien separa la tierra del agua y la noche de la luz, el creador de las principales divinidades.

Bastet

La diosa leona Bastet suele aparecer representada como una gata, mientras que su hermana, la diosa Sejmet, conserva su apariencia de leona.

Carnero

El carnero, símbolo de fecundidad, representa el Ba (alma) de Osiris y es adorado bajo la apariencia del dios Jnum. El dios Amón suele representarse con cabeza y cuernos de carnero. El carnero con cuatro cabezas que a veces aparece en las sepulturas personifica la energía de los dioses Osiris, Ra, Shu y Geb o, lo que es lo mismo, la eternidad de la vida.

Cielo

La diosa Nut personifica el cielo constelado de estrellas. Su cuerpo es de color azul marino y permanece separada de la tierra (Geb) por el dios Shu, símbolo del aire y el aliento vital. La diosa Nut suele representarse llevando nueve estrellas sobre la cabeza.

Esfinge

Según los egipcios, la Esfinge *(Sheshep ankh)* es una estatua viviente, un ser híbrido, humano y animal marcado por el simbolismo del león, que la asocia con el rey de Egipto y el príncipe de la luz. En teoría, la Esfinge fue la primera construcción monumental que erigieron los egipcios. Se dice que su rostro se esculpió a imagen y semejanza del rey Kefrén (dinastía IV), constructor de la segunda pirámide de Guiza. Una estela relata que Tutmosis IV ordenó retirar la arena que cubría la Esfinge tras dormir entre sus patas de león cuando todavía era un príncipe y tener un sueño premonitorio sobre su subida al trono. La Esfinge es el símbolo de la protección divina para los vivos y la guardiana de las puertas orientales y occidentales del reino de los muertos para los difuntos. La tradición de la Esfinge se extendió por el Antiguo Oriente y Grecia, donde este animal pasó a ser un monstruo que devoraba a aquellos que no lograban resolver su enigma, un banal acertijo.

Gato

El gato simboliza al dios Ra, y la gata, a la diosa Isis, para manifestar su eterna vigilancia. Suele ir armado con un cuchillo, pues, al igual que el sol, destruye a los animales inmundos nacidos en las tinieblas. A partir del Imperio Medio, el gato empezó a asociarse con la diosa Bastet y fue venerado en todos los hogares, como demuestran las numerosas estatuillas y momias encontradas en las tumbas construidas a partir de ese periodo.

Geb

Geb, hijo de Shu (el aire elemental), personifica la tierra, con su vegetación y sus frutos. Fue el antiguo rey de Amenti, la tierra de Occidente, pero abdicó en favor de Osiris y, después, de Horus.

Los faraones, guardianes de las tierras de Egipto, fueron los sucesores del rey Geb hasta la muerte de la reina Cleopatra y se negaron a dejar el país en manos de los invasores romanos.

Geb, padre de Isis, Neftis y Seth, suele representarse tendido en el suelo y separado del cielo (Nut) por Shu, el aliento divino. A pesar de esta separación simbólica, Nut y Geb, el cielo y la tierra, se unen en secreto cada noche y dan a luz cada mañana a un sol recién nacido.

Hapy

Divinidad que personifica al río Nilo. Hapy es un ser pequeño, regordete y andrógino que representa el gran mar y las aguas primordiales (Nun) del mundo. Va acompañado de una serpiente, que se esconde en una gruta bajo la primera catarata. Desde este lugar secreto, Hapy vierte sin cesar el contenido de sus dos jarras, el agua de las fuentes del Nilo. Como los egipcios veneran dos fuentes del Nilo, una situada en Bigeh (isla Elefantina), en el Alto Egipto, y otra en Kherara (Babilonia), en el Bajo Egipto, Hapy suele describirse como un personaje dual, como el primer andrógino.

También se llama Hapy uno de los cuatro hijos de Horus, que aparece representado con cuerpo humano y cabeza de babuino. El norte es el atributo y el punto cardinal de Hapy. En el cuerpo, gobierna los pulmones.

Hathor

Llamada *Dama del Inicio* o *la que va al Encuentro de los Dioses*, Hathor es una de las primeras divinidades del cielo, un principio universal de vida y portadora de alimento divino. Se le atribuyen la danza, la alegría y la música. El templo de Dendera fue el santuario principal de esta diosa. Al ser una divinidad activa en el mundo de los muertos, los difuntos desean tenerla a su lado en el momento de morir.

Horus

Forma latina del término egipcio *Hor*, «la Cara» (del dios sol Ra). Horus es hijo de Isis y Osiris, y suele ser representado por un halcón. Apodado *el Vengador de su Padre*, nació después de que Seth matara a Osiris y luchó sin cesar contra este asesino, que estaba empeñado en eliminar de la tierra el poder de la luz. Horus nació el día 25 del mes de Meshir, que se corresponde con nuestro 25 de diciembre. Es la imagen de la energía solar y celeste.

Horus tuvo cuatro hijos, que son los dioses custodios de las entrañas embalsamadas que se guardan en los cuatro vasos canopos. Amset, Hapy, Duamutef y Kbehsenuf se representan, respectivamente, con cabeza humana, de babuino, de perro (o chacal) y de halcón. Quizá nacidos de Isis, estos hijos de Horus son energías celestes y fuerzas espirituales. Los cuatro hijos de Horus protegen a los difuntos y son los guardianes de sus transformaciones póstumas. Simbolizan los cuatro puntos cardinales, los cuatro elementos y los cuatro vientos.

Isis

Nombre que significa «trono» y que describe a su majestad celeste. Esta divinidad, que se representa con un trono encima de la cabeza, es hija de Nut (diosa del cielo) y Geb (rey terrenal), y hermana de Neftis, Seth y Osiris. También es la esposa de este último. Isis suele representarse provista de unas alas desplegadas que simbolizan la protección universal. Según el mito, el aire levantado por el movimiento de sus alas permitió que Osiris resucitara tras ser asesinado.

Isis, cuyo culto extendieron los griegos por Europa, es la imagen de la Diosa Madre, llamada también *Alma Universal, Dama del Horizonte* y *Luz Iniciática*. Esta diosa benevolente y portadora de alimento es la tierra de Egipto que recibe a Osiris a través de las aguas fecundantes del Nilo, que personifican al dios desaparecido. Isis, que simboliza la inteligencia del mundo, detenta la magia y todas las ciencias ocultas. Las civilizaciones posteriores la convirtieron en la protectora de los marineros. En el cielo, es la estrella Sothis (Sirius) que inicia la crecida del Nilo. Isis también es el símbolo del decimoquinto nomo del Bajo Egipto.

Jepri

El Sol de Levante: nombre que recibe el escarabajo que empuja ante él una bola de excrementos, para ilustrar la fuerza primordial asociada a los dioses Atum y Ra. Jepri es la imagen más antigua de la vida que nace de la materia (principio de la germinación), allá donde aparece el sol de levante. El escarabajo, que se regenera durante la noche, simboliza la llegada diaria de la luz y promete la resurrección a aquellos que superan victoriosamente la prueba de la muerte.

Jnum

Dios alfarero creador de los seres humanos, a los que modela con arcilla. También es el principio que permite que la semilla paterna penetre en el cuerpo femenino. Venerado principalmente en Tebas, Jnum se representa como un humano con cabeza de carnero con la cornamenta horizontal o los cuernos enrollados, similares a los del dios Amón. En las pinturas aparece con cuatro cabezas, las de Ra, Shu, Geb y Osiris, pues es el padre del mundo creado y de todas las energías que habitan en él. Jnum, guardián de las fuentes del Nilo, inunda cada año las tierras de Egipto. Cuando se confunde con el dios solar Ra, se le atribuye la diosa Satis como esposa.

Jonsu

Dios lunar personificado por un hombre joven vestido de blanco, como una momia. Este dios (llamado Neferhotep en Tebas) suele aparecer representado con un disco lunar, dispuesto sobre una luna creciente horizontal, sobre su cabeza. Sus atributos son el látigo y el cetro, símbolos de poder. Se le invoca para curar las enfermedades y alejar a las entidades malsanas, pues simboliza la luz lunar que da caza a los monstruos en las tinieblas.

Maat

Diosa de la verdad y la justicia, es la madre de Ra, de quien también es hija y esposa. Maat se representa con una pluma blanca. Es la responsable de la vida y la regularidad de sus ciclos. Los jueces del más allá reciben el nombre de sacerdotes de Maat o de la verdad. El faraón está al servicio de Maat, cuyo poder sustenta y representa. La pluma blanca simboliza la ley universal que todos deben respetar, tanto los hombres como los dioses. Aquello que es justo, correcto y bueno pertenece al principio de Maat.

Min

Divinidad que suele representarse con el miembro viril erecto (hombre itifálico). Sus atributos son la choza, el látigo y algunas plantas verdes con virtudes afrodisiacas. Min simboliza la fertilidad de la vegetación y la reproducción. Suele estar representado por un toro blanco y, cada año, el faraón le ofrece solemnemente la primera espiga de maíz cortada al inicio de la siega. Min también es venerado con 12 fiestas anuales que se corresponden con el primer día del mes lunar.

Mut

La Madre, la Muerte. Esta divinidad, antigua y guerrera, es la protectora del Alto Egipto. Es la madre de Jonsu y la esposa tardía del dios Atum. En ocasiones llamada *el Ojo de Ra*, suele ser representada por un buitre o por una leona (cuando es *el Ojo de Ra*). Mut se convirtió en diosa primordial y madre del sol a finales del Nuevo Imperio. Forma parte de una tríada que incluye a Amón y a Jonsu. Su nombre es el que utilizan los egipcios para referirse a la muerte.

Neftis

Según el mito de Osiris, Neftis y su hermana Isis acompañaron el cuerpo de su hermano difunto y, por lo tanto, fueron testigos de su resurrección. Anubis es el primer hijo que tuvo Neftis con Osiris.

Neit

Divinidad primordial y madre del mundo. A Neit se la asocia con la guerra, pero como inventora del tejido también se le atribuye la trama de la existencia, los dioses y los hombres. Además, auspicia los vendajes de las momias de los difuntos.

Madre del sol para los sacerdotes del Bajo Egipto, es venerada por una lanzadera de tejer que adorna el tórax de la cobra de Uadyet. Neit suele representarse con una corona roja en la cabeza y armada con un escudo y dos flechas, pues es la conciencia del sol, en su aspecto activo y purificador.

Nejbet

Diosa del Alto Egipto representada por una hembra de buitre blanca. Nejbet es una de las madres primordiales del mundo, que se veneraba principalmente en la ciudad de Nejen (Hieracómpolis), antigua capital del Alto Egipto.

Nejbet suele aparecer junto a la cobra Uadyet, símbolo femenino del Bajo Egipto, con la que forma una pareja que protege a difuntos y reyes. Estas divinidades tutelares suelen representarse como una serpiente y un buitre sobre la corona real. Nejbet y Uadyet, el principio dual, simbolizan la unión del Bajo y el Alto Egipto, la corona blanca y la roja, el junco y la abeja, Seth y Osiris en el universo de los dioses. Ambas permanecen junto al alma de los difuntos mientras navegan por el río del más allá.

Nut

El Curso de la Luz y el Negro sin Fondo. Nut es la diosa del cielo. Hija de Shu y esposa del rey Geb, es la madre de los principales dioses de Egipto: Osiris, Isis, Seth y Neftis. También es la noche, durante la cual se ven la luna y las estrellas, pues representa la bóveda celeste y el aire que mueve con sus alas de halcón. El rey sol Ra es su hijo, al que engulle cada noche y devuelve al mundo cada mañana como señora de la vida y de la muerte y, por lo tanto, de la resurrección.

Osiris

El que es eternamente bueno y el que seca las lágrimas. Osiris es hijo de Nut y el rey Geb. Tras ser asesinado por su hermano Seth, resucitó y se convirtió en el símbolo de la vida eterna y los ciclos del renacimiento. Representa el Nilo, el trigo, el Bajo Egipto y su delta. Dios de la vegetación, de la fecundidad y de la prosperidad, Osiris es contrario o complementario a su hermano Seth, deidad de la noche, los desiertos y los lugares áridos.

Osiris se representa con el rostro verde (vegetación) y vestido de color blanco (vendas). Sus atributos son la corona blanca, el cetro y el látigo.

Ptah

Este dios alfarero, creador de toda la vida, posee múltiples nombres: el que organiza las orillas, el que da forma, el que hace germinar los minerales en el vientre de la tierra, etc. Es el artesano del mundo que insufla el origen de la vida. Representado como un ser andrógino con la cabeza afeitada y envuelto en un traje de lino blanco, Ptah es parte integrante del Nun primordial que da vida a los seres. Controla la voz, los sonidos y todo aquello que procede del corazón. Ptah hace surgir el huevo cósmico de Nun para dar vida a la luz y al sol. Junto a su esposa Sejmet (la leona comedora de sangre) y Nefertum, forman una tríada que representa los tres principios de la vida, la muerte y el renacimiento, precediendo en estas funciones a Osiris, Isis y Horus, dioses de épocas tardías.

Sejmet

Sejmet, la Poderosa, es la esposa de Ptah y la madre de Nefertum, con los que forma la tríada de Menfis. Sejmet es una diosa guerrera que permanece al lado del rey en la batalla para aterrorizar a los eventuales invasores de Egipto y a los enemigos de Osiris enviados por el siniestro Seth. Incluso la serpiente Apofis, monstruo entre los monstruos, teme a Sejmet, cuyas cualidades y atribuciones no le impiden desempeñar una función agresiva. Esta diosa personifica también la medicina y la cirugía, y sus poderes mágicos le permiten realizar curaciones milagrosas.

Los reyes egipcios ordenaban colocar 365 estatuas de Sejmet en sus tumbas, una por cada día del año y cada una con una plegaria distinta, con el objetivo de que los protegiera de los enemigos del más allá.

Serapis

La dinastía ptolemaica introdujo en Egipto el culto de esta divinidad. Serapis asocia los cultos de Apis y Osiris, cuyas características posee, así como los de Asclepio, Poseidón, Dionisos y Hades. Serapis es el dios de los difuntos, pero también una divinidad sanadora, un dios de la fertilidad y protector de los marineros.

Seshat

La diosa Seshat dirige la casa de los libros y es la protectora de la escritura, los escribas y los arquitectos; también se le atribuye la historia. Cada día, Seshat anota escrupulosamente los actos y acontecimientos más significativos del reinado de los faraones. Suele cubrirse con una piel de pantera y vela por el buen desarrollo de los ritos durante la fundación de los templos. Conocedora de los misterios de Thot, garantiza los secretos de los conocimientos iniciáticos. Suele representarse como una mujer que lleva una estrella o una flor sobre la cabeza y que sujeta en sus manos una herramienta de escritura y una hoja de palmera, símbolo egipcio de los años.

Seth

Seth es el hermano de Osiris y el hijo de Geb y Nut. Es el dios de todo aquello que es árido, de las tinieblas y del Alto Egipto (opuesto al Bajo Egipto y al delta del Nilo). Seth es a la vez el desierto y los animales que viven allí, las montañas inhóspitas, los países extranjeros y los monstruos del río (cocodrilos e hipopótamos).

Recibe los nombres de *Asesino de la Luz, Asesino de Osiris, Despedazador* o incluso el *Grande en Poder*. Enemigo de la armonía y el equilibrio, suele representarse como un atleta, grande y poderoso. Casi tan bello como Osiris, tiene la piel rojiza y los ojos claros. Seth asesinó a su hermano Osiris porque envidiaba su naturaleza divina.

En el Imperio Antiguo, Seth se representó primero como un asno con la cola erguida y, más adelante, como un humano con cabeza de asno y doble corona. Suele sujetar el *Anj* en la mano derecha y el cetro *Uas* en la izquierda. Ambos objetos son símbolos de vida y felicidad, pues, más allá de las apariencias, Seth y Osiris son en realidad uno en la naturaleza divina del mundo.

Shu

Aquel que sostiene. Shu (el aire) es hijo del dios primordial Atum. Él y su esposa Tefnut (el agua del mundo) son los padres de Nut (el cielo) y Geb (la tierra). Shu ilustra el principio que separa el cielo de la tierra desde el inicio del mundo. Por lo general, se representa con cabeza de león y, cuando tiene forma humana, con una pluma sobre la cabeza.

Sobek (Sucos)

Es una de las divinidades más importantes del Nilo, después de Osiris. Sobek es temido y venerado al mismo tiempo, pues pertenece al reino del dios Seth. Domado y engatusado, este cocodrilo sagrado es un eficaz protector del rey. Por eso, varios faraones incorporaron el nombre de Sobek al suyo real. Desempeña este mismo papel en el más allá, donde protege el alma de los difuntos durante su navegación.

Sothis (Sirius)

Nombre griego de la estrella Sopdet, conocida como *la Puntiaguda* o *la Señora del Año Nuevo*. La aparición de esta estrella, que hoy en día se llama Sirius o Sirio, anunciaba anualmente la crecida del Nilo. Sothis representa a la diosa Isis, benefactora y portadora de alimento, y simboliza la fuente de toda la vida y el año nuevo egipcio. El calendario civil egipcio se basaba en la aparición de Sothis y las crecidas del Nilo, personificadas por Osiris y Hapy. Este encuentro entre el Nilo y Sothis tenía más de simbolismo religioso que de suceso natural, puesto que ambos fenómenos sólo podían coincidir de forma precisa cada 1460 años. La concurrencia entre las aguas y la luz unía a Isis y Osiris, y asociaba la fertilidad del cielo a la de la tierra.

Tefnut

Tefnut, la diosa de la humedad, es más que una simple divinidad, pues emana del dios Atum y simboliza el agua de la que surgen las primeras formas de vida en el cielo y sobre la tierra. Tefnut está asociada a su hermano Shu (el aire) y, juntos, agua y aire, representan los dos primeros días de la creación del mundo. También simbolizan el sol y la luna. Tefnut y su hermano Shu se manifiestan en las diosas Nejbet y Uadyet, Isis y Neftis, todas ellas divinas, madres y protectoras en la cosmogonía egipcia.

Thot

Llamado *el Calculador de los Años*, *el Amo de la Casa de la Vida* y *el Señor del Tiempo*, Thot es el dios protector de la escritura, los escribas, la medicina, la magia, la astronomía y las artes.

Esta divinidad lleva también la cuenta de las genealogías de los reyes y personifica el conocimiento iniciático. Durante el pesaje de las almas, Thot supervisa el juicio y registra el resultado en una tablilla. Esta función lo convierte en el esposo de la diosa Maat, guardiana de la verdad y la justicia.

Uadyet

Nombre de una de las diosas madre principales, protectora del Bajo Egipto. Uadyet suele representarse con una corona roja en la cabeza, un *uraeus* y una lanzadera para tejer. Llamada *la Verde* y *Aquella que tiene el Color del Papiro*, forma una pareja simbólica con la diosa Nejbet, protectora del Alto Egipto y representada por un buitre. La serpiente de Uadyet y el buitre de Nejbet reproducen en el mundo divino el principio de los dos reinos de Egipto, el Bajo y el Alto Egipto, reunidos armoniosamente en la corona del faraón.

EL CULTO DE LOS MUERTOS

Libro de los Muertos

Los antiguos egipcios sentían fascinación por el misterio de la muerte. Para ellos, el conjunto del universo era un sarcófago cósmico. Apreciaban la vida terrenal, pero sabían que era corta y deseaban prolongarla en el continente del más allá, en otra vida póstuma, jalonada por etapas que eran verdaderas pruebas, tal y como demuestra el *Libro de los Muertos*.

Se desconoce el origen de esta guía del más allá, titulada el *Libro de la salida a la luz del día*. Esta guía describía los rituales que se celebraban tras la muerte. El alma, mediante las plegarias apropiadas, podía franquear los obstáculos que encontraba en su camino para acceder a la luz y la eternidad y convertirse en un nuevo Osiris. La versión más conocida de esta obra fue la que redactó el escriba Ani en el año 1420 a. C., durante la dinastía XVIII.

Unas, el último rey de la dinastía V (hacia el año 2350 a. C.), ordenó grabar en los muros de su pirámide de Saqqara lo que hoy en día se conoce como los Textos de las Pirámides. Estos textos indicaban, a los sacerdotes y a los iniciados, los gestos, las palabras y el desarrollo de los rituales funerarios que se celebraban en Egipto durante el Imperio Antiguo. Los faraones de la dinastía VI prosiguieron con esta recapitulación e inscribieron, en muros y techos, 2217 párrafos que detallaban la navegación del alma de los difuntos por el más allá, desde la muerte física hasta la liberación luminosa. Los Textos de las Pirámides se convertirían en los Textos de los Sarcófagos en el Imperio Medio y en el *Libro de los Muertos* en el Nuevo Imperio.

Los Textos de los Sarcófagos conformaban un conjunto de 29 400 líneas que también se conoce como *Libro de la Justificación* o *Libro para proclamar justo a alguien en el reino de los muertos*. Estos textos, pintados y grabados sobre cientos de sarcófagos, contaban al difunto cómo podía franquear con éxito el pasaje que separaba la vida terrenal del más allá, o Duat. También le enseñaban a responder las preguntas que le formularían los guardianes de las puertas, para que su alma pudiera liberarse y alcanzara el mundo celeste, donde se convertiría en luz. En la actualidad, el *Libro de los Muertos* es una referencia privilegiada para quienes desean comprender el pensamiento religioso egipcio. Según los egiptólogos Auguste Mariette y Gaston Maspero, procede de una tradición oral primitiva cuyo origen se sitúa hacia el año 5000 a. C.

El embalsamamiento de la momia

La muerte física era la primera etapa del gran viaje. Para evitar la disolución del cuerpo humano era necesario paralizar y neutralizar su putrefacción. Para ello se deshidrataba el cuerpo, ya fuera secándolo al fuego o al sol, ya fuera utilizando sales, cal y natrón. Entonces se retiraban el cerebro, los intestinos y el estómago, pero se dejaban el corazón y los riñones. Las vísceras se depositaban en pequeños sarcófagos, llamados *vasos canopos*, que representaban a los cuatro hijos de Horus.

A continuación, los embalsamadores limpiaban la cavidad abdominal con vino de palma y la rellenaban con especias molidas, mirra, canela, arena y natrón. También inyectaban productos químicos en las venas y frotaban la piel con aceite de cedro, mirra y perfume.

El cuerpo del difunto se envolvía entonces con vendas de lino untadas con alquitrán y resina, sobre las que los sacerdotes inscribían plegarias y conminaciones religiosas.

Entre las capas de vendas se colocaban talismanes y amuletos que servían para proteger al difunto de los enemigos que, en el más allá, intentarían impedirle completar su navegación hacia la luz.

Sobre el rostro se colocaba una máscara de lino y estuco, que a veces tenía piedras incrustadas. El conjunto de la operación solía prolongarse unos 40 días.

Al embalsamar el cuerpo y realizar una serie de operaciones mágicas, el sacerdote modificaba la evolución póstuma del difunto y abolía la frontera entre la vida y la muerte, entre el aquí y el más allá.

La colocación de las vendas se realizaba bajo la mirada de Neit, la diosa del tejido. Todo difunto estaba protegido por esta divinidad, que brindaba su ayuda en la otra vida.

El cuerpo se colocaba en un sarcófago que los sacerdotes llamaban *señor de la vida* o *madre*, pues acogía al difunto y velaba por su vida póstuma y su posterior transformación en luz. El sarcófago era, simbólicamente, una especie de cámara intermedia entre el mundo físico y el más allá, entre la experiencia humana y las metamorfosis del alma. Sobre su tapa se describían las fases de las pruebas que debía superar el alma y se representaban todas las divinidades que, llegado el momento, la protegerían y la ayudarían en su recorrido. Entre estas divinidades destacaban Osiris, Isis, Neftis y los cuatro hijos de Horus, así como Thot, Ra, Nejbet y Uadyet. Con el fin de animar al difunto por última vez, este aparecía representado como momia cubierta de vendajes o vestido con una simple túnica de lino blanco, sujetando con firmeza entre sus manos el pilar Djed, el vínculo indestructible que une el mundo terrenal y el celeste.

A diferencia de lo que ocurre en la mayoría de las religiones, el difunto egipcio no se mostraba como un cadáver desfigurado por las angustias de la muerte, sino como una persona llena de vitalidad y activa, pues sólo así podría liberarse de su condición y participar con serenidad en la navegación de la barca solar para ser recibido por la luz de Osiris. El difunto egipcio era un ser que permanecía de pie y vivía de una forma distinta, pero que asumía su destino en el más allá con valor y entusiasmo. «¡Está muerto lleno de vida!», reza uno de los Textos de los Sarcófagos.

Funerales y tumbas

Para llevar el cuerpo momificado desde el templo hasta la cámara funeraria, el cortejo funerario recorría un camino que discurría de este a oeste, siguiendo el movimiento del sol diurno. El ataúd del difunto se disponía sobre una barca tirada por bueyes e iba acompañado por dos plañideras, una situada delante y otra detrás del sarcófago, del mismo modo que Isis y su hermana Neftis habían acompañado el ataúd de Osiris en la antigüedad.

Cuando se trataba del duelo de un faraón o un personaje importante del reino, toda una procesión de plañideras se lamentaban alrededor de la barca fúnebre. Esta barca simbolizaba el ciclo cotidiano de la luz, el trayecto que realizaba el dios sol Ra en la barca del día (Mandyet) y en la de la noche (Mesketet) cada 24 horas. El cielo se consideraba un océano infinito por el que navegaban los dioses y las almas de los mortales fallecidos. Si los jueces del más allá consideraban que el alma del difunto era digna, esta podía navegar junto a Ra en su barca.

Durante la ceremonia fúnebre, las mujeres de la familia del difunto se golpeaban el pecho y esparcían polvo sobre sus cabellos desordenados, sin dejar de llorar a viva voz. La actitud exigida a los hombres resultaba más sobria: un hijo, amigo o criado del fallecido daba vueltas alrededor de su representación, arrojando incienso sobre ella.

Las tumbas egipcias no eran simples panteones como los nuestros, sino el lugar donde el difunto llevaría una nueva existencia y experimentaría una serie de transformaciones. La tumba egipcia constaba de tres partes: la cámara funeraria, una sala reservada al culto y una sala (o varias) en la que se depositaba la estatua del fallecido. Esta parte de la tumba quedaba sellada tras los funerales, pero se abrían una serie de agujeros en el muro con el objetivo de que el muerto percibiera los perfumes que se quemaban en otras salas.

Las tumbas reales y las de los grandes personajes del reino reproducían bajo tierra la disposición de los templos, tanto en el número de cámaras como en la orientación general, pero la estatua del dios que ocupaba el naos era reemplazada aquí por una representación del difunto. En todas las salas se depositaban objetos que pudieran ayudarlo a llevar a cabo su navegación subterránea y, como la barca solar, alcanzar la mañana luminosa y eterna. Las pinturas y textos sagrados que cubrían los muros de la tumba lo tranquilizaban y lo animaban a no flaquear en su determinación de convertirse en un nuevo Osiris durante el resto de la eternidad.

La mayoría de las tumbas reales disponían de unas salas que señalaban los puntos cardinales, así como las grandes etapas del viaje post mórtem por el mundo del más allá.

La cámara del Oeste o del sol poniente correspondía a la muerte física; la del Sur evocaba las fuentes del Nilo y recogía los símbolos de la realeza (cetro, trono y carroza); la del Norte preparaba el viaje del alma hacia el reino de los dioses, y la cámara del Este o del sol naciente contenía todo aquello que evocaba la infancia y la vida conyugal del fallecido.

Los *ushebtis* (o *shabtis*, *shauabtis* o *ushebtis*) eran las figurillas en forma de momia que se colocaban en la tumba para realizar, simbólicamente, todo aquello que tendría que hacer el difunto durante su estancia en el más allá. Estas pequeñas representaciones del fallecido sostenían el pilar Djed y el símbolo anj, así como el alma (Ba) del difunto en su forma alada. Se han llegado a encontrar hasta 365 *ushebtis* (uno por cada día del año) alrededor de un difunto especialmente inquieto por los avatares de su vida futura. Junto a los *ushebtis* se colocaban vasijas, baldes y azadas, así como una herramienta destinada al mantenimiento de los canales de irrigación, indispensables para la vida de Egipto, a fin de que el difunto participara en la fertilidad del mundo.

En el momento de cerrar definitivamente la tumba, el sacerdote Sem celebraba el ritual de la apertura de la boca para que el difunto pudiera existir y actuar en el más allá. El sacerdote, cubierto con una piel de pantera y una máscara de Horus, estaba acompañado por un sacerdote lector y por el hijo del difunto (o un familiar o amigo).

El ritual de la apertura de la boca era uno de los más importantes de todos los que se realizaban para preparar al difunto para su existencia en el más allá. Se practicaba con una azuela de hierro sobre la momia, cuando el cuerpo estaba totalmente cubierto de vendas, y consistía en abrir simbólicamente todas las aberturas de la cabeza para que, una vez en el más allá, el difunto pudiera vivir y alimentarse, escuchar y responder a las preguntas de los jueces y los guardianes. Este gesto le permitía recibir el Ba (energía psíquica) y el Ka (energía vital).

Viaje a Amenti

En cuanto el alma franqueaba el portal de la muerte, emergía en el más allá, pero intentaba regresar al cuerpo que había abandonado. Las entidades encargadas de guiarla la arrastraban lejos del sarcófago. El alma debía atravesar una región tenebrosa, llena de lamentaciones y gritos, para poder presentarse ante Osiris en Amenti (país de Occidente).

En el pensamiento egipcio, el mundo subterráneo del más allá era la inversión exacta del mundo terrestre luminoso. Este simbolismo queda patente en las representaciones pictóricas y escultóricas de las tumbas, donde abundan las imágenes de personas que caminaban por el aire. El resto del mundo subterráneo era Duat, llamado también *cielo inferior* por ser el supuesto lugar de nacimiento del sol. Los monstruos acechaban en este mundo subterráneo próximo al infierno. El alma, en su barca nocturna y misteriosa, debía atravesar este mundo, en el que también pasaría una temporada si, después del pesaje, el tribunal no la consideraba digna. Los monstruos protegían los caminos y vigilaban las puertas y pasadizos, pues nadie podía comenzar la navegación nocturna sin haber respondido a las preguntas planteadas por los guardianes de los pasajes.

Serpientes y monstruos armados con cuchillos y chispas sostenían cetros que simbolizaban su importancia en el camino que debía recorrer el alma del difunto. El monstruo más representado era Ammyt, el Devorador de los Muertos, con cabeza de cocodrilo, parte delantera de león y parte trasera de hipopótamo. Sólo la palabra justa y la luz, representados por el arpón de Horus, podían repeler a estas temibles entidades.

Al llegar ante Osiris, el difunto debía recitar las fórmulas sagradas, con los brazos levantados en señal de adoración, con el objetivo de fundirse con él. Isis y Neftis estaban presentes, pero ocupaban un lugar secundario. Después de esta ceremonia, el difunto debía comparecer ante el tribunal de justicia.

Este tribunal, formado por 12 dioses, se encargaba de juzgar el alma del difunto. Estos dioses habían asistido a los funerales de aquel humano que deseaba convertirse en ser luminoso. Diversos papiros e ilustraciones murales describen a los miembros de este tribunal: Horus con un disco solar en la cabeza, Atum con dos coronas, Shu y Geb, Nut con la copa de la vida universal en la cabeza, Isis y Neftis llorando y Horus con el símbolo de la metamorfosis. También estaban presentes Hathor, la señora de la puerta de Occidente, y Hu y Sa, los señores de la sentencia dictada.

El pesaje de las almas

El juicio del alma, también llamado *psicostasia*, era el momento crucial de la vida en el más allá, pues, una vez superada la prueba, permitía que el alma del difunto siguiera el camino que le conduciría a la transformación luminosa que le convertiría en un nuevo Osiris.

Anubis, el Señor de la Necrópolis, presidía con Thot el juicio del alma y su pesaje, pues poseía las fórmulas mágicas y los textos sagrados. De hecho, era el patrón de los sacerdotes embalsamadores, que se ponían una máscara a su imagen y semejanza para celebrar los rituales mortuorios. Anubis llevaba al difunto de la mano hasta una sala en la que aguardaban Osiris, Isis, Neftis y Thot; este último se encargaba de supervisar el juicio y registrar la sentencia en una tablilla.

La ceremonia consistía en colocar el corazón, que no había sido retirado del cuerpo del difunto durante el proceso de embalsamamiento, sobre el plato de una balanza para pesarlo. En el otro plato se colocaba la ligera pluma de Maat, diosa de la verdad y la justicia.

Cuarenta y dos asesores de Osiris presenciaban el juicio en absoluto silencio porque era la balanza la que dictaba el veredicto. En vez del corazón y la pluma, algunas ilustraciones funerarias muestran el corazón dispuesto sobre un plato y el cuerpo sobre el otro, pues sólo la pureza del corazón podía demostrar la pureza del alma.

Junto a la balanza se alzaban el cocodrilo Sobek y el monstruo Ammyt, una quimera poco representada porque todo el mundo deseaba superar la prueba del pesaje de las almas. Ambos estaban preparados para devorar a aquellos que no fueran dignos de franquear el pasaje porque su corazón pesara más que la pluma de la justicia.

Si el difunto demostraba ser digno, navegaría en su barca solitaria y pronto llegaría al final de su viaje póstumo, donde se reuniría con Seth y Horus, quienes le ayudarían a subir los últimos peldaños de la escalera que conducía al reino celeste. Esta cooperación pone de relieve la complementariedad de ambas energías, pues la sombra y la luz son los dos momentos de un mismo ciclo vital.

Al inicio del viaje, el alma del difunto se transformaba en Horus, un halcón de oro de tamaño majestuoso. «¡Entré en el más allá como halcón y salí convertido en fénix!», reza la inscripción de una tumba.

Los campos de Ialu, el paraíso egipcio, representaban un mundo completamente simbólico. El difunto recibía un pedazo de tierra para llevar a cabo actividades terrenales, pues la vida en el más allá era idéntica a la vida en la tierra. Los ricos disfrutaban de la ayuda de los *ushebti*, sus criados funerarios. ¡Oh, milagro! Los campos de maíz producían cosechas milagrosas, ¡pues el maíz maduro superaba los siete codos (3,5 m) de altura!

El fin del Egipto de los dioses

Tras el suicidio de Cleopatra VII, Egipto se convirtió en una provincia romana y vivió durante cuatro siglos bajo la dominación de Roma, que se alimentó de su trigo a través de la flota de la anona.

Sin duda, Adriano fue el único emperador que se interesó realmente por Egipto (siglo II d. C.). Cuando Antínoo, su favorito, se ahogó en el Nilo, ordenó construir una ciudad en su memoria.

Al final del siglo III, Diocleciano erigió en Alejandría la famosa columna de Pompeyo.

Pero el cristianismo, una religión monoteísta como la que había soñado Akenatón, introdujo la intolerancia en Egipto.

Los historiadores cristianos apenas hablaron sobre estos actos vandálicos, pues prefirieron evocar el velo rigorista que el islam y sus sultanes tendieron posteriormente sobre el valle del Nilo. Sin embargo, a la vez se prohibieron los dioses polimorfos. Para el Egipto de los dioses del sol fue un periodo oscuro. En el año 535 de nuestra era, Justiniano persiguió a los últimos sacerdotes de Isis del templo de File y, en el 543, su general

185

Narsés cerró definitivamente el santuario y ordenó erigir en su lugar una iglesia dedicada a San Esteban. En el año 639, los árabes entraron en Egipto y lo convirtieron en una provincia del califato de Damasco, cuya capital fue una nueva ciudad, El Cairo (*Al Kahira*, «la victoriosa»).

Bibliografía

ALFORD, Allan F.: *Dalle piramidi ad Atlantide,* Newton & Compton Editori, 2005.

BAINES, J. y J. MALEK: *Atlas de l'Egypte ancienne,* Éditions du Fanal, 1981.

BARBOTIN, Christophe: *Amosis et le début de la XVIIIème dynastie,* Éditions Pygmalion, 2008.

BAUD, Michel: *Djéser et la IIIè dynastie,* Éditions Pygmalion, 2007.

BERNARD, Jean-Louis: *Historia secreta de Egipto,* Plaza & Janés Editores, 1984.

— *Mystères égyptiens,* Guy Trédaniel éditeur, 1995.

BOURGUET, Pierre du: *L'art Egyptien,* Desclée de Brouwer, 1978.

CHILDRESS, David: *La technologie des dieux,* Édition La Huppe, 2004.

DAVID, Rosalie: *The pyramid builders of Ancient Egypt,* Rouledge, Londres, 1986.

DAVIDOVODITS, Jospeh: *La nouvelle histoire des pyramides d'Egypte,* Jean-Cyrille Godefroy, 2006.

DESROCHES NOBLECOURT, Christiane: *Les religions Egyptiennes,* Quillet, 1948.

— *Hatshepsut, la reina misteriosa,* Edhasa, 2009.
— *Le fabuleux héritage de l'Egypte,* Pocket, 2004.
— *Les secrets des découvertes*, Pocket, 2008.
GARNIER, Eric y Edmond ORIS: *Comprendre l'ésotérisme par les simboles,* De Vecchi, 2008.
GRIMAL, Nicolas: *Historia del Antiguo Egipto,* Ediciones Akal, 2011.
GUILMOT, Max: *Iniziati et riti iniziatici nell'antico egito,* Edizioni Mediterranee, 1999.
LALOUETTE, Claire: *Memorias de Ramsés el Grande,* Editorial Crítica, 2006.
LECLANT, Jean: *Los faraones. Los tiempos de las pirámides,* Aguilar, 1978.
LUCKER, Manfred: *Dizionari dei simbolo e delle divinita egizie*, Astrolabio, 1995.
MANZINI, Riccardo: *Conoscere le piramidi,* Ananke, 2007.
MARUÉJOL, Florence: *Le piramidi egizie,* Edizioni EL, 2000.
— *Tutmosis III et la cogérance avec Hatchepsout,* Pygmalion, 2007.
REDDA, Carlo Ruo: *Cronologia Illustrata dell'Antico Egitto,* Ananke Edizioni, 2007.
TALLET, Pierre: *Sésostris III et la fin de la XIIe dynastie,* Pygmalion, 2005.
THIBAUD, Robert-Jacques: *Dictionnaire de mythologie et symbolique égyptienne,* Dervy, 1997.
TOSI, Mario: *Divinità dell'antico Egitto,* Ananke Edizioni, 1997.
TOTH, Max: *Las profecías de las pirámides*, Ediciones Martínez Roca, 1981.

VALODE, Philippe: *Pharaons et reines d'Egypte,* L'Archipel, 2005.

VV. AA.: *Description de l'Egypte*, Taschen, 1977.

— *Il museo egizio de Turino,* De Agostini, 1993.

— *Dictionnaire de l'Egypte ancienne,* Albin Michel, 1998.

YOYOTTE, Jean: *Dictionnaire des pharaons,* Perrin, 2004.

PUBLICACIONES

«Comment construisaient les Egyptiens», *Les dossiers d'Archéologia*, 2001, núm. 265.

«L'Egypte redécouverte», *Historia Thematique,* 2001, núm. 69.

«Les grands pharaons qui ont fait l'Egypte», *Dossier d'Actualité de l'Histoire*, 2005, núm. 12.

«Cleopatra, la reina más joven de Egipto», *Historia National Geographic,* núm. 47.

www.ingramcontent.com/pod-product-compliance
Lightning Source LLC
Chambersburg PA
CBHW051343020726
47501CB00007B/2242